소중한 마음을 담아

___________ 님께 드립니다.

'위·즈·덤·하·우·스'는 새로운 시대를 이끌어가는 지혜의 전당입니다.

여자로 산다는 것

여자로 산다는 것

김지영 외 지음

우리 시대 여자들이 말하는 리얼 공감 스토리

위·즈·덤·하·우·스

여자, 이 살아 있는 수수께끼를 풀기 위해서는
그들을 사랑하지 않으면 안 된다.

세상에서 가장 아름다운 이름

대한민국에서 여자로 살아간다는 것의 의미는 무엇일까.

참하고 예쁘게 자라서 좋은 사람 만나 결혼하고, 남편과 자식 뒷바라지와 시부모님 공양에 최선을 다하며 살아가는 것 만한 행복이 여자에게는 없는 것일까.

오늘은 문득 떠오른 이런 생각들로 내 머릿속이 유난히 복잡하다.

"요즘은 여자들이 살기 참 좋아졌지"라는 어른들의 말씀을 종종 듣는다. 여자들만을 위한 전용 카드, 전용 주차장에 전용 지하철까지 생겼으니, 그렇게 말하는 것이 아주 틀린 말은 아닌 것 같기도 하다. 하지만 반대로 생각해 보면 남자들에게는 굳이 전용을 마련해 주지 않아도 될 만큼 이미 그들이 획득한 것이 많다는 의미가 아닐까?

회사의 요직도, 국회의사당의 의원수도, 심지어 대통령까지도 대부분 남성들이 차지하고 있는 것을 보면, 그들이 여성보다 훨씬 유리한 위치에 있음은 사실이다. 하지만 앞으로는 달라질 것이다. 정치는 부드러운 리더십을, 사회는 따뜻한 보살핌을 필요로 한다. 경제 역시 여성의 노동력과 창의력을 반기고, 무엇보다 가족 안에서 여성의 모성애와 씩

씩함은 언제나 남자들을 감싸고 위로해 주었다. 거창하게 누가 누구보다 더 발전할 것이라는 의미가 아니다. 남자와는 다른 방면에서 우위를 차지했던 여자들만의 능력이 더욱 발전하고 진화되어, 어느 한쪽으로 치우치는 것이 아니라 함께 조화를 이루는 시대가 되었다는 것이다.

> 타인을 배려하고 보살피는 따뜻한 가슴, 슬픔과 역경을 이겨내는 용기
> 꿈과 미래를 이루어 가는 지혜, 아름다움의 가치를 추구하는 감각
> 소박한 행복에도 감사하는 겸손한 마음…….

여자들에게는 여자들만의 특별한 재능이 아주 많다. "난 여자이니까……"라고 말하며 한걸음 뒤로 물러서 양보하기에는 아까운 것들이. 백 마디 말로도 표현하기 힘들 만큼 복잡하고도 오묘한 여자의 일생을 남자들은 아마 평생 함께 살아도 알 수 없을 것이다.

이런저런 생각 끝에 아주 중요한 것을 깨달았다. 내가 가진 여자의 장점으로 꿈을 향해 도전한다면, 나도 당당히 세상의 중심이 될 수 있으리라는 확신을 갖게 된 것이다. 그 확신을 갖기까지 꽤 오랜 시간이 걸렸지만, 그러한 과정이 있었기에 지금의 내 모습도 가능한 것이 아닐까. 이제 확신으로 무장한 단단한 가슴으로 그동안 꿈꿔왔던 미래를 향해 한걸음 내딛는 일만 남았다.

소중한 결심이 생긴 오늘, 난 정말 행복하다.

세상 무엇도 두렵지 않은, 내 이름은 여자이니까…….

최지현(프리랜서 작가)

차 례

4 여자의 행복

5 여자의 지혜

사람은 여자로 태어나지 않는다.
여자로 자라는 것이다.

S. 보봐르

<u>첫 번 째 이 야 기</u>

철이 없던 시절, 나는 걸핏하면 엄마를 원망
했다. 쌍심지를 켜고 대들었다. 내가 선택한 적도 없는데, 왜 나를 선택했
느냐고. 왜 나를 여자로 낳았느냐고. 엄마는 그럴 때마다 빙그레 미소 지
으실 뿐이었다. 그렇게 다투다가 어느덧 엄마와 친구가 되었다. 철이 들면
서, 엄마를 닮아가는 내 모습을 발견했다. 나는 여자로 태어난 것이 아니
라, 여자로 자라고 있었던 것이다. 엄마에 대한 원망은 어느새 사라졌다.
마치 끼고 있던 팔짱을 슬며시 풀어낸 것처럼. 여자의 인생은 태어나면서
시작되는 것이 아니다. 자라면서, 스스로 허물을 벗으면서, 끊임없이 변신
하면서, 시작을 반복하는 것이다. 시작을 반복하는 것이다.

여자로 태어난다는 것

여자는 절반의 축복 속에 태어난다. 적어도 이 땅에서는. 아니, 때로는 절반의 축복마저 누리지 못한 채 세상 밖으로 나온다. 절반 이하의 축복과 함께 시작된 삶. 그런 삶을 온전한 축복으로 만들어나가는 것. 여자의 인생은 그렇게 시작된다. 스스로의 힘으로.

"축하합니다. 예쁜 공주님입니다."

아홉 시간이 넘는 진통 끝에 한 생명이 태어났다. 나는 혼미해지는 정신을 부여잡으며 아기의 얼굴을 보았다. 눈이 두 개, 작은 코가 하나, 입 하나, 귀 두 개, 손가락 발가락 모두 10개씩이다. 예쁜 공주님.

내 눈가에는 어느새 글썽글썽 눈물이 맺혔다. 너무나 기쁜데, 기뻐해야 하는데……, 그런데 울컥 치미는 설움은 무엇이란 말인가. 글썽이던 눈물은 이내 통곡으로 변했다.

'차라리 아기를 다시 밀어 넣었으면……. 다시 밀어 넣어서 고추를 달아 다시 낳고 싶어. 할 수만 있다면 그러고 싶어.'

나는 통곡하며 온몸을 뒤척였다. 분노가 전신을 휘감아 부르르 떨게 했다. 나는 어느새 성난 짐승처럼 울부짖고 있었다.

"으악!"

분만실 밖에서 기다리던 남편이 뛰어 들어왔다. 상황으로 미루어 딸이라는 걸 알아챘는지, 남편은 발작하는 내 몸을 세차게 붙잡았다.

"당신 왜 이래?"

"딸이래, 또 딸이래. 나 싫어. 죽고 싶어!"

"진정해. 딸이면 어때?"

"거짓말, 거짓말! 당신도 지금 실망했지? 딸 낳아서 미워 죽겠지? 나 그냥 이대로 죽어버릴 거야."

나는 분을 이기지 못하고 험한 말들을 마구 쏟아냈다. 나에게 세상은 저주스러운 곳이었다. 주먹으로 남편의 가슴을 때리고 밀쳐내고 그의 머리카락을 쥐어뜯었다. 참을성 많은 남편은 나의 분노를 묵묵히 받아주었고, 마침내 나는 남편의 가슴에 파묻혀 흐느껴 울었다.

"으으으, 흑흑. 나 정말 아들 낳고 싶었단 말이야. 아들 낳아서 시부모님 앞에서 보란 듯이 자랑하고 싶었단 말이야."

"알아, 알아. 걱정 마. 내가 다 알아서 할게."

남편은 눈물 콧물 범벅이 된 나의 얼굴을 가슴팍에 안고 아무 걱정 말라고, 모든 일이 잘 될 거라고, 등을 두드리며 속삭였다. 남편의 따뜻한 심장 소리를 들으면서, 한 시간에 걸친 발작은 진정이 되어 나는 기진맥진 잠에 빠졌다.

결혼 10년째에 낳은 세 번째 아기. 손이 귀한 집의 맏며느리로 시집을 가면서부터 나의 불행은 예고되어 있었는지도 모른다. 첫 아이를 임신하면서부터, 아니 신혼여행을 다녀오자마자, 나는 아들을 낳아야 한다는 시부모님의 압력에 시달려야 했다.

처음에는 나이 드신 분들의 아집이겠거니, 생각했다.

'아들이면 어떻고 딸이면 어때?'

하지만 시부모의 아집이 내 신념으로 파고드는 데는 오랜 시간이 걸리지 않았다.

'반드시 아들을 낳아야 해. 딸을 낳아서 나 같은 인생을 물려줄 수는 없어.'

집안에서 사람대접을 받으려면, 맏며느리로서 큰소리 치고 살려면, 아들을 낳는 것, 그것만이 유일한 길이었다.

하지만 그렇게 노력해서 낳은 첫째는 딸이었다.

"쯧쯧. 보아하니 아들 못 낳을 것 같아서 내가 처음부터 그렇게 반대를 했건만."

시어머니는 아직 산통에서 채 회복도 못한 내 앞에서 냉랭하게 말씀하셨다.

'어머니, 어머니도 여자잖아요.'

나는 침을 꿀꺽 삼켜 입안에 가득 고인 말들을 뱃속으로 밀어넣어야 했다. 이 땅에서 여자로 태어나는 것이 죄라면, 평생토록 온갖 굴욕을 참아내야 하고, 그런 숙명을 딸에게 고스란히 물려주어야 하는 업보를 타고났다면……. 지금 이 순간에도 수많은 딸들이 '실패'로 낙인찍힌 채 태어나고 있는 이 땅이 싫었다.

"어머니, 너무하세요. 어머니도 딸 넷 낳고 저이 낳을 때까지 설움 당하셨잖아요. 제 마음을 누구보다도 잘 아시면서 어떻게 저한테 그런 말씀을 하실 수 있으세요?"

시어머니는 내 울음소리에도 전혀 동요하지 않고 차갑게 말씀하셨다.

"그럼 나한테서 뭘 바라냐? 평생 아들 하나 낳는 일에 목숨을 걸고 살아온 사람한테 뭘 바라느냐구?"

그 후로 나 역시 아들 낳는 일에 인생을 저당 잡힌 사람처럼 변해갔다. 반찬 하나 고르는 데에도 아들을 염두에 두었고, 옷 하나 고르는 데에도 아들, 아들을 불러댔다. 동네에 아들 셋을 낳은 아주머니가 있다는 말을 듣고는 일부러 찾아가 사정을 하여 속옷 한 벌을 얻어와 입기도 했다.

남편과의 싸움도 늘어갔다. 나는 그렇게 싸우면서도 기어이 아들 낳는 법을 실천했고 결국 셋째를 임신했다. 하지만 낳아보니 또 딸이었던 것이다.

아들에 얽매여 살아온 세월이 꼭 10년. 넋 빠진 듯 멍하니 병실 창밖만 바라보는 나에게 남편은 이제 그만 하자고, 그만 하고 예쁜 딸 셋을 잘 키우며 살자고 다독였다.

나는 셋째 딸에게 수유를 하면서 울먹였다.

"미안하다. 애야. 미안하다. 탄생을 축복조차 해주지 못하는 곳에서 너를 낳아서 정말 미안하다."

　동네에서는 우리 집을 '딸부잣집'이라고 부른다. 우리나라에는 '아들부잣집'이란 말은 드물지만 '딸부잣집'이라는 말은 흔해서 자주 듣는다. 그 이유는 도대체 무엇일까?

인생 첫 친구를 만난다는 것

여자는 가장 가까운 곳에서 인생의 첫 친구를 사귄다. 남자들로서는 죽었다 깨어나도 이해할 수 없는 독특한 친구 사이. 평생을 이어가며 서로를 이해하고 돕는다. 때로는 다투기도 하지만 돌아서면 다시 절친한 친구로 돌아오는, 나이를 초월한 친구 사이. 여자는 엄마를 통해 세상을 만난다.

"혜진아. 엄마랑 시장 가자."

"시장? 왜?"

"우리 혜진이 겨울 신발 사야지."

"정말? 와! 신난다!"

아이는 얼른 외투를 입으러 뛰어간다.

작년에 신던, 발가락이 꼭 끼는 겨울 신발을 군소리 없이 신는 착한 아이. 오늘 아침 영하 6도로 내려간다는 말에 양말 두 개를 겹으로 신겼더니, 그만 신발에 발이 들어가지 않는 것이었다. 아이는 고사리 손으로 신발 귀퉁이를 붙잡고 낑낑거리며 발을 밀어 넣으려 했다.

"끙! 엄마, 발이 안 들어가."

하는 수 없이 양말 하나를 벗겨서 내보내야 했다. 좁은 신발 안에서 숨도 쉬지 못하고 꼼지락거릴 아이의 발가락을 생각하니 마음이 아팠다. 그래서 오늘은 꼭 새 신을 사주기로 작정했던 것이다. 이왕이면 요즘 유행한다는 복슬복슬 털이 달린 부츠가 좋을 것 같았다.

"우리 혜진이 새 신발 사러 가서 좋아?"

"응!"

우리는 장갑 낀 손을 꼭 잡고 팔을 크게 흔들며 걸었다.

드디어 신발 가게. 입구에는 인기 있는 디자인의 신발들이 옹기종기 전시되어 있다.

"혜진아, 하나 골라봐."

아이는 눈을 똘망똘망 굴리더니 한참을 망설이다가 "엄마, 이거" 하고 손가락으로 가리켰다. 역시, 내가 내심 점찍어두었던 그 털북숭이 부츠다. 분홍 색깔이 아이의 파란색 파카와도 아주 잘 어울렸다.

새 신발을 신고 아이는 날아갈 듯 앞서 걸었다. 따뜻한 것도 좋겠지만, 한동안 발에 꼭 끼는 작은 신발을 신다가 이제 제 발에 맞는 신을 신으니 발이 편해 좋은 모양이다. 한참을 그렇게 깡총 뛰다가 다가와 묻는다.

"엄마, 엄마는 부츠 안 사?"

아이의 눈에 비친 엄마의 초라한 신발이 못내 마음에 걸렸던 모양이었다.

"응, 엄마도 살까?"

"그래, 엄마. 엄마도 나랑 똑같은 거 사서 신고 다녀."

"그런데 어쩌지? 혜진이 신발은 엄마가 사주지만, 엄마 신발은 아빠가 사줘야 하는데…….."

"그럼 아빠한테 내가 사달라고 말할까?"

"정말?"

"응, 엄마. 내가 아빠한테 엄마 신발 사달라고 말할게."

별거 아니라는 듯 아무렇지도 않게 말하는 아이. 하지만 깍쟁이 아빠의 마음을 움직이기가 쉽지 않을 텐데…….

사실, 남편에게 부츠 한 켤레 사달라고 조른 지가 3년째다. 겨울만 돌아오면 나는 세련된 부츠가 탐이 나서 남편을 은근히 자극해 봤지만, 그때마다 남편은 일언지하에 거절이었다.

"아줌마가 불편하게 무슨 부츠야. 부츠 한 켤레 값이면 운동화 열 개를 사고도 남을걸."

짠돌이 남편을 만나 알뜰살뜰 살림하는 재미는 있었지만 예쁜 옷 사 입고 멋 부리는 재미는 포기한 지 오래였다.

"그래, 혜진아. 엄마는 너만 믿는다."

나는 딸의 손을 힘차게 잡았다.

그날 저녁, 남편이 들어오자 혜진이는 기다렸다는 듯 새 신발을 갈아 신고 아빠 앞에 섰다.

"아빠, 이 신발 예뻐요?"

"오오, 새 신발이구나. 와, 정말 예쁜데? 아주 따뜻해 보이네."

"그쵸? 그럼요, 이런 신발 엄마도 사주세요."

남편이 "으윽" 하며 작은 숨을 내뱉는 것을 느낄 수 있었다.

"응? 엄마도 사주라고?"

"예. 엄마도 이런 신발 신으면 이쁠 거예요. 내일 사주세요."

내가 말했더라면 곧바로 핀잔을 주었을 텐데, 그래도 예쁜 딸이 오랜만에 하는 부탁이라 남편은 쩔쩔맸다.

"으윽……. 그래."

"진짜죠? 아빠 약속했죠? 자, 약속해요."

딸은 남편과 새끼손가락까지 걸었다.

다음 날, 우리 세 식구는 나란히 손을 잡고 백화점으로 갔다. 나의 새 신발을 사기 위해서.

부츠를 골라 신자, 딸은 펄쩍 뛰어오르며 탄성을 질렀다.

"아빠, 엄마 너무 예쁘죠."

지갑을 열면서 식은땀을 흘리는 남편. 나는 속으로 쿡쿡, 웃음을 삼켰다.

이래서 딸이 좋은 걸까? 엄마 마음을 누구보다도 잘 이해해 주는 친구가 되어주니까. 딸아이는 커가면서 나와 더욱 친한 친구가 되려할 것이다. 천덕꾸러기로 태어나 온갖 괄시를 받았던 내가 엄마에게 그랬던 것처럼. 함께 쇼핑도 하고 목욕도 다니고 덩치가 커지면 내 옷에 손을 대기도 할 아이의 미래를 생각하니 웃음이 절로 나왔다.

돌아오는 차 안에서 딸이 내게 귓속말로 속삭였다.

"엄마, 좋죠?"

남편이 무슨 일이냐고 묻자, 아이는 눈이 동그래져서 입을 손바닥으로 틀어막았다.

"아니에요. 엄마하고 비밀 얘기가 있어요."

여자로 훈련받는다는 것

여자는 사회적으로 만들어진다. '여자'라는 의미 가운데 상당 부분은 사회적 인식과 편견에 의해 만들어지고 그것이 확대 재생산되며, 마침내 고착된 것이다. 여자는 고루한 관습에 저항하며 때로는 안주하기도 한다. 그러나 분명한 것은, 끊임없이 진화한다는 점이다.

"너도 이제 어엿한 초등학생이 되었으니 설거지 정도는 할 줄 알아야지."

초등학교 입학을 앞둔 어느 날, 나는 엄마에게 끌려 주방 싱크대 앞에 섰다.

"물을 그렇게 세게 틀면 어떡해! 물을 아껴야지."

"세제는 그렇게 많이 풀면 안 돼! 그게 다 돈이야."

"그렇게 험하게 하면 접시가 깨지잖아! 무슨 여자애가 그렇게 조심성이 없어?"

나는 두 시간 내내 혼나고 또 혼이 났다. 울고 있는데 엄마가 또 소리쳤다.

"엄마는 나가서 일해야 하니까 너 혼자 할 줄 알아야 해. 알았지?"

그렇게 시작된 엄마의 설거지 수업은 거의 매일 이루어졌다.

여덟 살 소녀에게 무슨 힘이 있겠는가. 어떤 그릇은 아무리 박박 닦아도 얼룩이 지워지지 않았고, 또 어떤 그릇은 들기에도 벅찰 정도였다. 세제를 묻혀둔 접시는 고무장갑에서 미끄덩 빠져나가 깨지기 일쑤였다.

그때마다 엄마는 쉽게 용서해 주지 않았다. 반드시 혼을 내셨고, 박박 문질러 얼룩을 깨끗이 닦아 놓아야 부엌을 떠나는 걸 허락해 주셨다. 깨진 그릇이 얼마짜리이고 그걸 다시 사려면 엄마가 몇 시간을 더 일해야 한다는 둥 일장연설을 하셨다. 어린 내 손에 고무장갑이 커서 그릇을 깰 위험이 더 많다며, 반드시 맨손으로 설거지를 하라고 엄하게 말하기도 했다.

때로는 서러움이 복받쳤다. 우리 엄마는 팥쥐엄마인 걸까? 방문을 걸어 잠그고 한참 동안 울기도 했다.

어느덧 아버지와 여섯 살 남동생까지도 나를 집안에서 설거지하는 사람으로 취급했다. 나에게는 학교 숙제보다도, 시험 공부보다도, 늘 설거지가 우선순위였다.

그렇게 나는 설거지를 하며 자랐다. 지금 내 나이는 열세 살. 내년에는 중학교에 간다.

요즘 나에게는 한 가지 즐거움이 있다. 두 살 아래의 남동생을 열심히 설거지 제자로 훈련시키는 중이다.

처음에 내가 남동생의 머리통을 쥐어박으며 설거지를 가르치자, 엄마 아빠는 기겁을 하셨다.

"설거지 거리가 뭐 얼마나 된다고 어린 동생을 시키려고 해?"

"누나가 돼서 동생 일 시켜먹을 궁리나 하고, 나쁜 계집애!"

기가 막혔다. 여덟 살밖에 안 된 딸에게 설거지를 시켰던 때는 언제고? 나는 한 발짝도 물러설 수 없었다.

"엄마 아빠, 저는 여덟 살 때부터 지금까지 혼자서 우리 집 설거지를 도맡아왔어요. 지금 동생 나이가 열한 살이에요. 이제 충분히 저를 도와서 함께 설거지를 할 수 있어요. 남자아이라는 이유로 설거지를 시키지 말라고 하시는 거라면, 이건 엄연한 남녀차별이에요. 엄마 아빠에게 크게 실망할 거예요."

남녀차별까지 들먹거리자, 엄마 아빠는 더 이상 아무 말씀도 못하셨다. 그날 이후로 나는 동생에게 5년 동안 갈고 닦아온 나의 설거지 실력을 전수시켰다.

"자, 이렇게 그릇을 물에 담가서 불려 놓으면 얼룩이 훨씬 잘 지워져."

"물을 아끼려면 수돗물을 너무 세게 틀지 말고 천천히 흐를 정도로 틀어놓고 헹궈야 해."

"그릇에 물기를 잘 털고 건조대에 바로 세워서 올려놓을 것."

동생은 처음에는 뺀질거리며 어물쩍 빠져나가려 했지만, 내가 워낙 엄하고 강하게 나가니 찍소리도 못하고 설거지를 열심히 배우게 되었다.

덕분에 나에게는 여분의 시간이 생겼다. 동생과 설거지를 나눠

서 하기 때문에 예전보다 책을 볼 시간이 늘어난 것이다.

어느 날 동생이 학교에서 상을 받아왔다. 전교생을 모아놓고 발표를 하는 행사가 있었는데, 동생이 최우수상을 받았다는 것이다.

저녁때 온 가족이 모여서 축하를 해주었다. 아버지가 발표의 주제가 뭐였냐고 묻자, 동생은 배시시 웃었다.

"설거지 하는 법이요."

동생은 나에게서 배운 설거지 하는 방법을 발표하여 최우수상과 함께 그날 최고 인기상을 받았다는 것이다. 특히 설거지에 필요한 수세미, 철수세미, 솔 등을 갖고 가서 용도에 대해 설명을 해주었더니 아이들이 무척 좋아했다고 말했다.

"누나 덕분에 제가 우리 학교에서 설거지는 일인자가 되었어요. 선생님들은 제가 설거지를 잘해서 일등 신랑감이 될 거래요."

동생의 말에 우리 가족 모두 배꼽을 잡고 웃었다. 설거지 하는 남자가 이제 더 이상 흉이 아니라는 걸, 설거지는 여자의 전유물이 아니라는 걸, 이제 부모님도 잘 아셨을 것이다.

나는 나중에 결혼을 하고 아들을 낳더라도 반드시 설거지와 집안일을 가르칠 것이다. 장차 아이의 행복을 위한 설계 차원에서 말이다. 어떤 책에서 읽은 대목이 기억난다.

'집안일을 해보고, 그것이 얼마나 녹록치 않은지를 이해하는 남자는 행복한 결혼생활을 할 가능성이 높다.'

여자로 태어난다는 것 2

여자는 두 번 태어난다. 한 번은 사람으로, 또 한 번은 여자로. 두 번 태어나는 고통을 겪고서야 온전한 여자가 된다. 여자로 성숙해 간다는 것은, 고통이라는 대가를 치른 후에 비로소 얻을 수 있는 결실에 다름 아니다. 고통은 보너스를 안겨주기도 한다. 여자로 살아가는 지혜에 눈을 뜨는 것.

체육시간이 끝난 후였다. 교복으로 갈아입기 위해 체육복 바지를 벗는 순간, 나는 하마터면 비명을 지를 뻔했다.

바지 안쪽이 검붉은 피로 물들어 있었던 것이다. 나는 누가 볼새라 얼른 바지를 뭉쳐서 가방 안으로 쑤셔 넣었다. 머릿속에서는 큰일 났다는 붉은 사이렌이 요란하게 울리고 있었다.

'어떡하지? 이럴 땐 어떡해야 하지?'

다른 아이들이 눈치 채면 깔깔 웃을 것이다. 중학교 2학년. 이미 반 아이들은 모두 월경을 시작했는데, 나는 오늘이 처음이었던 것이다.

초경……. 말로만 들었던 그 일이 나에게도 일어났다. 그런데 그 고대했던 초경이 하필이면 오늘, 그것도 체육복을 입은 상태에서 시작될 게 뭐람?

더구나 우리 학교 체육복은 바지가 밝은 회색인데, 누가 보았으면 어쩌지? 나는 얼굴이 화끈 달아올랐다.

그나저나 이렇게 가만히 있으면 큰일이다. 얼른 치마를 챙겨 입고 일단 교실 밖으로 나왔다. 아이들이 듣지 않을 만한 장소에 이르러서야 나는 허겁지겁 핸드폰 폴더를 열었다.

"엄마야? 나 어떡해? 큰일 났어. 피 나오기 시작했단 말이야."

"뭐? 정말이니?"

"엉, 나 어떡해? 지금 팬티가 젖었단 말이야."

"세상에! 우리 지윤이가 드디어 여자가 되었구나. 축하한다."

"엄만, 지금 축하받을 때가 아니야. 나 어떡하냐고?"

나는 울상이 되어 발을 동동 굴렀다. 초등학교 5, 6학년 때 반 아이들이 한둘씩 생리를 하기 시작하면서, 아직 경험이 없는 나는 그런 대화에서 따돌림 당할 때가 많았다. 여자 아이들은 낮은 목소리로 저희들끼리 무슨 말을 속닥거렸다. 들어보면, 초경 파티를 어떻게 치렀다느니, 아빠가 용돈을 주었다느니, 생리대는 무슨 회사 게 흡수가 잘 되고, 생리통이 심할 때는 어떤 방법이 도움이 된다는 등등의 말이었다.

"애들은 저리 가라. 넌 몰라도 돼."

내가 귀를 쫑긋 세우고 듣고 있으면 아이들은 나를 아기 취급하며 놀려댔다.

하루는 엄마에게 나는 왜 초경이 빨리 안 오는 거냐고 물었다. 엄마는 씩 웃으며 대답해 주셨다.

"우리 지윤이 몸이 아직 준비가 덜 되어서 그래. 몸이 여자가 될 준비가 끝나면 그때 자연스럽게 시작할 테니까 너무 걱정하지 말고 기다리렴."

하지만 다른 여자 아이들이 가슴이 봉긋 솟아오르고 엉덩이에 토실토실 살이 찌는 동안 내 몸은 여전히 비쩍 마른 나무 장작 같기만 했다.

'도대체 언제 여자가 된다는 거야? 지금은 왜 여자가 아니라는 거지?'

그날 엄마는 곧 생리를 시작할 테니 몇 가지 알고 있어야 한다며 자세하게 말씀해 주셨다.

"처음에는 이 과정이 너무 어렵고 성가시고, 또 지저분하게 느껴지기도 할 거야. 하지만 시간이 흐르면서 너만의 요령이 생기게 된단다. 무엇보다도 생리 중에는 자신을 청결하게 관리할 줄 알아야 해."

엄마는 그렇게 주의사항을 말씀해 주셨는데, 정작 나는 아무것도 준비하지 않았다. 그때 엄마 말을 새겨들었다면 가방 안에 생리대 하나쯤은 넣어두었을 텐데……. 후회가 막심했다.

징징거리는 나를 핸드폰 너머 엄마의 목소리가 살살 달랬다.

"지윤아, 지윤아. 울지 말고 당황하지도 말고 엄마 말 잘 들어."

"응. 훌쩍."

“오늘 매고 간 가방이 검은색 배낭 맞지?”

“응.”

“가방 안쪽에 보면 작은 비밀주머니가 하나 있지?”

“어? 어…… 응. 맞아.”

“그래, 엄마가 그 안에 선물을 넣어두었어. 그걸 찾으면 문제가 해결될 거야.”

“뭐? 그게 뭔데?”

“찾아보면 알게 돼. 엄마 바빠서 끊는다. 행운을 빌어.”

“어, 엄마.”

딸각. 경쾌한 웃음소리와 함께 엄마는 전화를 끊었다.

수업종이 울리기 불과 2분 전. 나는 전속력으로 교실로 달려 들어가 가방 안쪽을 뒤져보았다. 비밀주머니를 만지자 푹신한 느낌이 전해졌다.

‘설마……’

나는 가방을 얼싸안고 이번에는 다시 전속력으로 화장실로 향했다. 화장실 안에서 비밀주머니를 열자, 그 안에는 작은 헝겊 가방 하나가 들어 있었고, 또 작게 접은 쪽지도 들어 있었다.

‘지윤아, 축하한다. 이 글을 읽을 때쯤이면 너는 완전한 여자가 되었겠구나. 헝겊 가방을 열어보렴. 엄마가.’

나는 떨리는 손으로 헝겊 가방을 열었다. 그 안에는 작게 접혀진 깨끗한 팬티 한 장과 얇은 생리대 한 장, 그리고 검은 비닐봉지가 들어 있었다.

'엄마, 엄마…… . 고마워요.'

엄마는 나의 구세주. 피에 젖은 팬티를 넣으라고 비닐봉지까지 넣어둔 엄마의 세심함에 왈칵 눈물이 나왔다.

수업종이 울렸다. 뛰어가면 선생님이 오실 시간에 맞춰 들어갈 수 있으리라.

생리대를 착용하고 뛰어가는 기분이 낯설지만 좋았다. 그 보송 보송하면서도 서걱거리는 느낌.

앞으로 평생 질리도록 느끼고 살아야 할 그 느낌.

이로써 나는 여자가 되었다.

아름다움을 추구한다는 것

아름다움의 첫 번째 감상자는 바로 여자, 자신이다. 여자는 본래 이기적이다. 스스로를 아름답게 꾸미는 첫 번째 목적은 남의 눈을 즐겁게 해주기 위한 것이 아니다. 자기만족을 위해서다. 다른 사람들은 그 다음 차례다. 그래서 여자들은 인류의 가장 위대한 발명품을 가장 가까이 두고 산다. 바로 거울!

아름다움을 추구하는 것은 사람의 본능이다. 그러나 그것은 여성이라는 존재에게 있어서 특히 민감하다. 우리 모두에게 이런 기억 한번쯤은 있을 것이다. 어린 시절, 엄마의 예쁜 핀을 머리에 꽂아보려고 화장대에 기어 올라간 기억 말이다.

아름다움을 향한 우리의 열정은 엄마의 화장품을 몰래 쥐어보는 때부터 시작된다. 단순한 호기심이 아닌, 정말로 예뻐지고 싶은 마음에 엄마의 화장품을 손 닿는 대로 덕지덕지 바른 후 거울을 본다.

중학교 3학년, 졸업사진을 찍는 날에는 학교 전체가 난리법석이다. 고단수 녀석들은 아마 일정 통보를 받은 일주일 전부터 준비하고 있었는지도 모른다.

"야! 줄서! 내 차례야!"

"아이 씨, 잠깐만 보면 돼. 앞머리만 만질 거라니까!"

하나뿐인 거울 앞에 길게 늘어진 줄. 이미 거울은 제자리를 잃은 지 오래다.

"나 오늘 언니가 에센스 발라주고 베이스랑 파우더 해줬어."

"난 그냥 스킨에다 바로 파우더 했는데."

"괜찮아. 스킨에다 해도 잘 먹어."

잘 모르는 나는 옆에서 응, 맞아 맞아 하며 고개만 끄덕일 뿐.

교실은 난리도 아니다. 온갖 화장품 냄새에 고데기로 머리카락 태우는 냄새. 파우더 좀 빌려줘, 교복(몸에 꽉 끼게 줄인 것) 빌려줘, 빌려달라는 것도 많다.

교무실에서 몇몇 선생님이 오셔서 화장품 뺏기를 시도해 보시지만 요즘 애들은 그렇게 순순하지 않다. 결국은 타협도 아닌 합의를 통해 여러 개 중 싼 거 하나만 넘기기.

예뻐 보이려고 노력하는 우리들은, 사춘기를 넘긴 소녀들이기도 하지만 아름다운 사람으로 거듭나려는 예비 여성이기도 하다. 본래의 아름다움도 아름다움이다. 그러나 가꿔서 아름다워지는 것도 또 하나의 아름다움이다. 어른들은 그 시간에 공부 한 자라도 더 하라고 하신다. 하지만 우리는 이런 것도 인격 형성의 한 과정이고, 또 어른이 되기 위한 준비의 일환이라고 생각한다.

사람들은 '정말 중요한 것은 겉이 아니라 속'이라고 말한다. 그러나 간과하는 한 가지가 있다. 사람들은 그러면서도 겉모습을 보고 호감과 비호감을 나눈다는 것이다. 아무리 알맹이가 꽉 차도 사람들의 시선을 끌지 못하면 무슨 소용이란 말인가.

주재료가 당근인 두 음식이 있다고 치자. (당근은 내가 세상에서 제일 싫어하는 야채이다.) 하나는 예술 요리사가 만든 그림 같은 음식이고, 다른 하나는 평소 쌈장에 찍어 먹는 당근 토막이라면, 사람들은 대부분 그림 같은 예술 음식을 택할 것이다.

사람도 마찬가지다. 똑같이 훌륭한 사람이라도 조금 더 다듬어진 사람이 각광을 받는다. 이의를 제기하는 분들도 있을 것이다. 자연스러운 것이 더 좋은 거라고. 하지만 착각하지 말아야 할 것은 자연 그 자체가 아름답다는 것이다. 단지 우리 눈에 익어 그런 아름다움을 간과하고 있을 뿐. 나는 차라리 자연의 이치대로 살고 싶다면 아름다워지기 위해 노력해야 한다고 믿는 쪽이다. 아름다운 것을 추구하는 것은 인간의 본성 가운데 하나이니까.

우리는 미의 가치를 무시해선 안 된다. 아름다움을 추구해 왔기 때문에 우리는 오염 속이 아닌 쾌적한 환경 속에서 사는 것이고 아름다운 것을 알기에 선과 악을 구분할 수 있는 것이다.

나는 그런 아름다움의 가치를 누구보다도 더 잘 알고 리드해 나가는 주체가 바로 여자들이라고 생각한다.

여자들의 가장 큰 매력이자 장점을 꼽으라고 한다면 나는 두말없이 섬세함을 꼽을 것이다. 그런 섬세함 때문에 어떤 일이든 똑 부러지게 잘하고, 일단 시작한 일은 끝을 본다.

　예쁘게 꾸미고 다니는 여학교 친구들을 보며 남녀공학에 다니는 친구들은 이런 얘길 한다.

　"여자들만 있는데 뭣 하러 꾸며? 보는 남자도 없잖아?"

　이것이야말로 착각이다. 여자는 남자들에게 잘 보이기 위해, 예쁘게 보이기 위해 자신을 다듬고 거울을 보는 것이 아니다. 우리들은 스스로가 아름다워지고 싶기 때문에 더욱 아름다워지도록 노력하는 것이다. 거울에서 진정한 나 자신을 찾기 위해 이렇게도 변신해 보고 저렇게도 변신해 보는 것이다.

　내가 아름다워져야 다른 사람이 아름다워 보이고 세상이 아름다워 보이기 때문이다. 스스로에게 자신이 없는 사람은 무엇을 해도 자신이 없다. 나 자신을 믿지 못하는 사람은 삶의 주체가 내가 아닌 타인이다. 결국은 타인에게 휩쓸려 자신의 존재 흔적까지 찾을 수 없을지도 모른다. 결국 예쁘게 꾸미는 것은 여자 본연의 무기이다. 때로는 방패가 되고 때로는 자신감의 원천이 되기도 한다.

　아름다움에 대한 추구와 노력은 결코 죄가 아니다. 그것은 꿈과 이상을 성취하기 위한 노력이며 발전을 위해 자신을 부단히 채찍질하는 것이기 때문이다.

여자로 설계되었다는 것

대부분의 경우 설계가 그렇게 되어 있다. 상당수 여자의 뇌는 논리적 계산에 약한 대신, 감성적 창조에 적합하도록 구성되어 있다. 그것은 또한, 오랜 환경 적응 과정에서 진화된 역사적 결과물이기도 하다. 그것을 부인할 필요는 없다. 하지만 그렇다고 해서, 안주할 이유도 없다. 여자는 끊임없이 진화하니까. 진화하면서 인생을 자기 것으로 만들어나가니까.

"자, 이번 모의고사에서 수학 과목 만점을 받은 학생이 있다. 이름을 부를 테니 다들 크게 박수를 쳐주도록."

꿀꺽. 나는 침을 삼켰다. 오, 제발 나의 이름이…….

"만점을 받은 학생의 이름은, 김민주!"

와~ 하는 환호성과 함께 박수가 터져 나왔다. 내가 해냈구나! 드디어 내가 수학 1등을 했어!

나는 일어서서 아이들의 축하를 받았다. 특히 여학생들이 열렬히 박수를 쳐주었다.

나와 수학 1등 자리를 놓고 내기를 벌였던 종훈이의 얼굴이 보였다. 박수도 치지 않고 얼굴이 딱딱하게 굳어 있는 종훈이. 수학

1등을 빼앗겼으니 엄청 분하겠지.

하지만 승부의 세계는 냉정한 법. 나는 내가 1등을 했다는 사실이 기쁘기만 했다.

수학 성적을 놓고 종훈이와 싸움이 시작된 건 보름 전이었다. 그때 나는 풀리지 않는 함수 문제를 붙잡고 한 시간째 낑낑대고 있었다. 몇 가지 방법이 실패로 돌아가고, 더 이상 방법이 떠오르지 않을 때에, 누군가 종훈이에게 물어보면 알 거라고 말했다.

김종훈. 우리 반 반장. 자타가 공인하는 수학 영재. 초등학교 시절부터 경시대회 대상을 휩쓸었고 대학에서 운영하는 영재센터에 다니고 있는 아이. 학교 수학 공부는 너무 쉬워서 수업 시간에는 늘 잠만 자는 아이.

나는 종훈이에게 문제를 들고 갔다.

"저기, 종훈아. 이거 정말 어려운 문제 같은데 한 번 풀어볼래?"

"어려워? 어디 봐봐."

종훈이는 문제를 힐끗 보더니, 몇 줄 쓱쓱 써내려가며 눈 깜짝할 사이에 문제를 풀어버렸다.

"헉, 이거 어떻게 풀었어?"

"쉬워. 대빵 쉬워."

믿을 수가 없었다. 내가 한 시간 동안 붙잡고 있던 걸 불과 30초 만에 풀어버리다니. 종훈이의 풀이방식을 들여다보니, 내가 문제에 완전히 잘못 접근했다는 걸 알 수 있었다.

낑낑대던 문제가 풀리니 시원했지만, 왠지 허탈했다. 그때 종훈이가 말했다.

"이런 문제는 여자들한테는 좀 무리지. 넌 여자니까 수학에 너무 많은 시간을 쏟지 말고 암기 과목에 치중하는 게 어때?"

"뭐? 그게 무슨 소리야?"

"여자들은 남자에 비해 수학 머리가 부족하잖아. 성적이 오르기 힘든 수학보다는 암기 과목에 집중하는 게 현명할 거야."

종훈이의 목소리에는 조롱이나 무시의 느낌은 전혀 없었다. 정말 그렇게 믿고 있어서 아무 거리낌 없이 말하는 것 같았다. 하지만 나는 기분이 나빴다. 종훈이의 말에는 여자에 대한 편견이 가득했기 때문이다.

"누가 그래? 누가 여자들이 수학 머리가 부족하대?"

"그걸 꼭 말해야 알아? 여자들이 남자보다 수학 성적이 좋지 않은 건 확실하잖아."

"남학생이 여학생보다 수학 성적이 높다는 단 하나의 이유로 여자에게 수학 머리가 부족하다고 말할 수 있는 거야?"

"나는 그렇게 말할 수 있다고 생각하는데?"

"나는 아닌데?"

이쯤 되자 우리는 서로 얼굴을 맞대고 노려보고 있었다. 마주친 눈에서 불꽃이 튀는 듯했다.

"좋아, 그렇다면 내가 제안을 하나 하지."

종훈이가 말했다.

"보름 후면 모의고사 있는 거 알지? 나는 네가 수학 1등을 할 수 없다는 데에 만 원을 걸겠어.”

“뭐라고?”

“네가 아무리 열심히 수학 공부를 해도 날 이길 수는 없을 거야.
그걸로 여자들에게 수학 머리가 부족하다는 게 증명되는 것이고.”

“그건 말도 안 돼!”

“왜? 자신 없어?”

“그럴 리가 있겠어?”

“그럼, 자신 있으면 내기를 하지.”

나는 오기가 생겼다. 뒷걸음질하기에는 이미 늦었다.

“좋아. 내기하겠어.”

이렇게 해서 모의고사 수학 1등을 두고 내기를 하게 된 것이다.
지는 사람이 이긴 사람에게 만 원을 주어야 했다.

우리의 내기 계약은 학생들 사이에 삽시간에 소문이 퍼져서 누
가 이기나를 두고 또 다른 내기가 줄줄이 이어졌다. 여학생들은
여자의 명예를 걸고 꼭 이기라며 응원을 아끼지 않았다. 자습시간
에 공부를 하고 있는 내게 우유와 빵을 사다주는가 하면, 구하기
힘든 수학 문제집과 재작년 모의고사 족보까지 구해온 친구도 있
었다. 오기 때문에 즉흥적으로 저지른 일이었지만, 여학생들의 응
원을 받다보니 여자로서 꼭 이겨야 한다는 책임감까지 들었다.

나는 기를 쓰고 공부했다. 태어나서 수학 공부를 그렇게 열심히
한 것은 이번이 처음이었다.

생각해 보니, 수학에 있어서 나는 늘 적정 수준을 유지했지만

그 이상 뛰어넘으려는 시도는 하지 않았던 것 같다. 내 잠재의식 속에는 '여자치고 수학 성적이 이 정도면 좋은 거지'라는 생각이 분명히 있었던 것이다. 종훈이가 도발을 해서 시작한 게임이지만, 나 역시 여자라는 이유로 수학 성적에 대해서 내 자신에게 관대했었는지도 모른다.

아니, 어쩌면 이 관대함은 뿌리가 더 깊을지도 모른다.

초등학교 시절부터, 부모님은 국어와 영어 성적에는 엄청 민감하게 반응하시면서도 수학 성적에 대해서만큼은 큰 불만을 보이지 않으셨다. 엄마는 90점만 넘으면 잘했다고 하셨다. 한 번은 85점을 받은 적이 있었는데 아빠까지도 "여자가 이 정도면 잘했다"며 흔쾌히 웃어주셨다.

국어나 영어 과목은 한두 개만 틀려도 "왜 이런 걸 틀렸냐?"며 혼을 내시는 분들이 왜 유독 수학만큼은 너그러우셨을까? 아빠도 엄마도 은연중에 종훈이와 똑같은 생각, 즉 '여자는 수학 머리가 부족하다'는 생각을 갖고 있었던 것이 아닐까?

아니, 좀 더 옛날로 돌아가 보자. 어린 시절 내가 갖고 놀았던 장난감은 바비 인형과 소꿉놀이 세트였다. 이에 반해 두 살 어린 남동생에게 부모님이 사주었던 장난감은 레고 블록과 숫자놀이판이었다.

맙소사! 부모님은 딸보다도 아들에게 수학 교육을 먼저 시키셨던 것이다.

나는 비밀을 발견한 기분이었다. 여자가 남자보다 수학을 못하는 이유에 대해서 많은 연구가 있었다고 한다. 어떤 학자들은 뇌의 구조가 달라서 그렇다고 하고, 또 어떤 학자들은 유전적으로 여자의 수학적 재능이 떨어지기 때문이라고 한다.

하지만 진짜 이유는 따로 있었다. 여자가 남자에 비해 수학을 못하는 이유는 부모에 의해, 그리고 사회에 의해, 그렇게 길러졌기 때문이다.

'더 이상은 안 돼! 나는 그렇게 길들여지지 않을 거야.'

앞으로 나는 수학에 더 욕심을 부려야 할 것 같다. 한 번 1등 한 것으로는 충분하지 않다. 계속 더 노력하고 파고들어 수학짱이 되어야지. 여자치고 수학을 잘하는 아이가 아니라, 남녀를 통틀어 수학을 가장 잘하는 아이가 되어야지.

이런 깨달음을 준 종훈이에게 고맙다는 생각이 든다. 그런 의미에서 상금으로 받게 될 돈 만 원 중에 천 원 정도는 종훈이에게 초콜릿을 사주는 데 써야겠다.

가슴앓이에 고통 받는다는 것

사랑하고 사랑 받기를 추구하는 것은 인간의 본능이다. 그러나 그 본능의 첫 발현은 홍역처럼 불쑥 고통으로 다가온다. 여자는 그 섬세한 아픔에 몰입해 사랑에 눈을 뜬다. 사랑이 동화 속 이야기처럼 마법을 부리지는 않는다는 사실을 깨닫게 된다. 여자는 그렇게, 사랑을 통해 현실을 만난다.

나는 고등학교 2학년.

나에게는 말 못할 비밀이 있다. 아직 그 누구에게도 털어놓은 적이 없는 비밀……. 그것은 내가 국어 선생님이자 현재 담임선생님을 지난 2년 동안 줄곧 짝사랑해 왔다는 것이다.

하루에 10시간 이상을 함께 보내는 짝꿍에게도 나는 이 사실을 털어놓지 못했다. 엄마에게는 더더욱…….

선생님을 좋아하기 시작한 건 1학년 입학하자마자 첫 국어시간부터였다. 문이 드르륵 열리고, 키가 훌쩍 크고 앞머리가 멋지게 흘러내리는 선생님이 교실 안으로 들어선 순간, 나는 한눈에 반해버렸다.

목소리도 어쩜 그렇게 근사한지. 특히 시를 읽을 때의 촉촉한 음성은 우리 학교 모든 학생들이 인정하는 매력적인 보이스였다.

선생님에게 주목 받기 위해, 나는 다른 공부는 소홀해도 국어 공부만큼은 열심히 해서 늘 상위 성적을 유지했다.

1학년이 끝날 때, 선생님이 다시 나의 국어 선생님이 되기를, 혹은 담임선생님이 되기를 얼마나 빌었는지 모른다.

그렇게 빌고 또 빌어, 2학년 첫날 선생님이 나의 담임이라는 걸 알게 된 순간, 얼마나 기뻤는지.

여러 번 고백하겠다고 생각했었지만, 내성적인 성격 때문에 번번이 실패……. 다른 아이들은 밸런타인데이 때에 초콜릿도 갖다드리고, 카드며 꽃다발이며 적극적으로 표현하는데, 왜 나는 그럴 용기가 없는지 모르겠다.

행여나 눈치 챌까봐, 나는 선생님이 말을 걸면 일부러 관심 없는 척 쌀쌀맞게 굴고, 아이들이 선생님을 좋아하냐고 물어보면 화들짝 놀라서 정색을 했다.

"내가 국어 선생님을 왜 좋아해? 난 그런 스타일 싫어."

하지만 국어시간이 다가오면 예뻐 보이고 싶어서 화장실을 들락거리며 수도 없이 거울을 들여다보았다. 내가 왜 이렇게 헷갈리게 행동하는 건지, 나도 내 마음을 알 수가 없다.

얼마 전부터 괴로운 소문이 들려오기 시작했다. 선생님에게 여자친구가 있고 곧 결혼을 한다는 것이었다.

결혼이라니. 아직 내 마음을 알리지도 못했는데. 나는 아직도 이렇게 어린데.

너무나 괴로웠다. 답답한 마음을 속 시원히 털어놓을 사람이 없으니 더욱 힘들었다.

국어시간에 한 아이가 장난치듯이 선생님께 "선생님 결혼하세요?"라고 묻자, 부정도 긍정도 안 하고 씩 웃기만 하는 선생님.

나는 거의 미칠 지경이 되었다. 혹시나 하는 마음에 인터넷에 들어가 선생님의 미니홈피를 찾아보았다.

1975년생. 선생님의 나이에는 같은 이름의 미니홈피가 하나밖에 없었다. 클릭해 보니, 역시 선생님의 미니홈피였다.

그곳에는 선생님과 유난히 많은 사진을 함께 찍은 한 여자가 있었다. 긴 생머리에 눈이 큰, 예쁘장하게 생긴 그 여자가 선생님의 약혼녀인 걸까?

질투심이 불처럼 일어났다. 그 여자가 너무나 미웠다. 이 여자가 나보다 나은 게 뭐람? 나보다 나이가 많아서 선생님과 당당하게 사귈 수 있다는 거밖에 더 있을까?

너무나 화가 났다. 선생님에게 내 마음을 알리지도 못하고 이대로 빼앗겨야 한다는 사실이 분하고 원통했다.

선생님의 나이 올해로 31세. 내 나이는 18세. 우리는 열세 살 차이다.

많은 나이 차이라고는 생각하지 않는다. 세상에는 스무 살 넘게 차이가 나도 결혼하는 사람들이 많이 있다. 얼마 전에는 외국에서 서른 살 차이 나는 여선생과 제자가 결혼했다는 이야기를 읽은 적이 있다.

내가 대학을 졸업할 즈음이면 선생님의 나이는 36세가 된다. 그때까지 기다려달라고 하면 안 될까? 정말 예쁘게 잘 자랄 테니 그때까지 결혼하지 말고 아무도 사귀지 말고 가만히 있어달라고 부탁드리면 안 될까?

내 괴로운 마음을 아무에게도 털어놓을 수 없는 이유는, 나의 이 애절한 사랑을 사람들이 가볍게 웃어넘길까봐, 내 진심을 한낱 어린 아이의 짝사랑 정도로 취급할까봐, 그게 싫어서였다.

너무도 속이 상해 뒤척거리다가 이틀 동안 잠도 제대로 못 잤다. 엄마의 화장대 앞에서 머리를 빗다가 거울에 비친 내모습을 보니 갑자기 눈물이 났다. 휴지로 눈물을 닦고 있는데 엄마가 들어오셨다.

"너, 무슨 일 있니?"

목이 메어 아무 말도 나오지 않았다. 나는 엄마 품에 안겨서 큰 잘못을 저지른 아이처럼 엉엉 울었다. 엄마는 내 머리카락을 쓰다듬으며 한동안 아무것도 묻지 않으셨다.

선택해야 한다는 것

가야 할 길을 선택한다는 것은, 다른 길을 포기해야 한다는 의미다. 현명한 여자는 선택할 때 미련도 함께 버린다. 스스로 선택했다면, 주저 없이 뚜벅뚜벅 걷는 것이다. 자꾸 뒤를 돌아보는 것은 영혼에 후회와 상처만을 남기는 일일 뿐이다.

'단원모집! 댄서 지망생 및 연습생을 모집합니다. 스쿨강사나 백업댄서, 또는 언더댄서 지망자. 여자 18세~24세 환영!'

엄마에게 이끌려 학원을 향해 바삐 걷던 내 눈에 들어온 포스터 한 장. 나는 충격을 받은 듯 얼어붙었다.

춤! 댄서 지망생! 모두 가슴이 뛰는 말이 아닌가!

나는 엄마 몰래 포스터에 적혀 있는 전화번호를 재빨리 외웠다. 엄마는 나의 손을 잡아끌며 쉴 새 없이 잔소리를 퍼붓고 계셨다.

"이 학원은 정말 족집게래. 영미엄마 아니었으면 그 후진 학원을 계속 다녔을 거 아냐. 시간도 없는데. 너 여기서는 정말 정신 똑바로 차려야 해. 알았지?"

하지만 나는 계속 딴생각을 하고 있었다.

'댄서 지망생을 모집한다니. 어쩌면 이건 나에게 주어진 절호의 기회일지도 몰라.'

나는 올해 열여덟의 고3 수험생. 수능시험이 여섯 달 앞으로 닥쳐왔다. 적어도 서울에 있는 4년제 대학에는 꼭 가야 한다는 부모님의 성화에 이 학원 저 학원으로 떠밀리고 있다.

하지만 나의 꿈은 따로 있다. 내가 정말 되고 싶은 것은 댄서이다. 가수가 아닌 전문 댄서. 직접 안무도 하고 댄스 팀을 구성해 공연도 하는 댄스 프로듀서가 되는 것이 나의 꿈이다.

학원에 도착해 엄마가 떠나는 걸 확인하자마자, 나는 얼른 밖으로 뛰어나와, 공중전화로 가서 외웠던 전화번호를 힘차게 눌렀다.

"댄서 지망생 한효주입니다. 포스터 보고 전화드렸습니다."

전화를 받은 사람은 씩씩한 내 목소리에 압도된 듯했다. 그러더니 내일 당장 오디션을 보러 오라는 것이 아닌가.

오디션! 반드시 합격해 댄서로서의 내 커리어를 시작해야지. 나는 주먹을 불끈 쥐었다. 입시학원 따위는 상관없었다. 대학에 왜 가야 한단 말인가. 세상이 뒤집어진다 해도 내가 하고 싶은 건 춤을 추는 것, 그것 하나뿐이다.

나는 어려서부터 음악만 나오면 몸이 저절로 흔들흔들 춤을 추는 타고난 춤꾼이었다. 힙합에서 시작하여, 레게 댄스, 재즈 댄스, 테크노 댄스 등을 두루 섭렵했다. 방학 때면 용돈을 모아 부모님 몰래 댄스 학원을 다니기도 했고, 전문 댄서 언니들을 따라다니면서 잔심부름을 하고 테크닉을 배우기도 했다.

하지만 고3이 되던 올해 초, 춤을 배우러 다니던 나의 행각은 오빠의 고자질로 들통이 났다. 우리 집안에서 춤꾼은 용납 못할 수치였다. 아버지 어머니가 모두 대학에서 경영학을 전공하셨고, 오빠는 명문 법대에 들어갔다. 남동생은 과학영재로 늘 경시대회에서 상을 타오니 이런 집안에서 춤꾼 딸은 이해할 수 없는 돌연변이요 망나니였다.

나에겐 곧바로 외출 금지령이 내려졌다. 학교와 학원 외에는 아무 데도 나갈 수 없었고, 혹시나 옆으로 샐까봐 엄마가 늘 동행을 했다.

하지만 부모님이 춤을 말리면 말릴수록, 공부를 강요하면 강요할수록, 댄서가 되겠다는 나의 꿈은 강해져만 갔다. 다음 날, 나는 방과 후 교문 앞에서 나를 기다리고 있는 엄마를 따돌리고 오디션장으로 달려갔다. 혼자서 수없이 연습했던 춤을 심사위원들 앞에서 열심히 연기했다.

드디어 발표.

"한효주 씨 축하합니다. 입단이 허가되었습니다. 앞으로 6개월간 훈련을 받은 후 정식 백댄서로서 활동하게 됩니다!"

단원들이 축하의 박수를 쳐주었다. 눈물이 왈칵 쏟아졌다. 이제부터 나는 그토록 염원했던 댄서의 길로 들어서는 것이다.

그런데 기쁨도 잠시, 내 서류를 유심히 들여다보시던 단장님이 깜짝 놀라 말씀하셨다.

"한효주 씨! 아직 미성년자네요. 미성년자는 부모의 동의가 있어야만 입단이 허락됩니다. 당장 부모님 허락부터 받아오세요."

날벼락이었다. 춤이라면 질색을 하시는 부모님의 마음을 하루 아침에 어떻게 설득한단 말인가.

그날 밤, 나는 나의 미래를 걸고 부모님과 다툴 수밖에 없었다. 꿈을 위해서, 하나뿐인 내 인생을 위해서.

"엄마 아빠! 난 대학 가기 싫어요. 춤을 추고 싶어요. 춤이 아니면 내 인생은 의미가 없어요. 제발 춤 출 수 있게 허락해 주세요."

집안이 발칵 뒤집혔다. 아빠는 회초리를 가져와 내 종아리를 때리기 시작했고, 엄마는 누구 죽는 꼴을 보고 싶으냐며, 차라리 아예 인연을 끊자고 하셨다. 오빠는 나에게 윽박지르고 어린 동생은 엉엉 울어댔다.

아빠의 회초리는 매웠지만 엄마의 울음소리보다는 아프지 않았다. 엄마의 통곡 소리는 마치 송곳으로 내 가슴을 콕콕 찌르는 것 같았다. 엄마가 그토록 서럽게 우는 것을 본 것은 그날이 처음이었다. 그런 엄마가 불쌍해서 그냥 포기해 버릴까 하는 생각이 들기도 했다.

하지만 나는 너무도 이기적인 딸이었다. 이 모든 것이 내 꿈을 지키기 위한 대가라고 생각하니 용기가 마구 샘솟는 걸 느낄 수 있었다.

"엄마 아빠! 허락해 주세요. 제가 꼭 보여드릴게요. 남부럽지 않는 딸이 될게요."

새벽 2시. 아빠의 회초리는 엄마의 손에 잡혀 힘을 잃었다.

엄마의 눈짓을 받은 아빠가 마침내 말씀하셨다.

"너에게 딱 1년의 시간을 주마. 만약 그때도 별 볼일 없는 모습을 하고 있다면 다시 공부를 하기로 약속해라."

드디어 받아낸 허락이었다. 나는 눈물을 주룩주룩 흘렸다.

"예, 아빠. 저 정말 열심히 할게요. 절대로 엄마 아빠 후회 안 하게 해드릴게요."

엄마가 내게 달려들더니 와락 껴안으셨다. 그러더니 울음이 섞인 목소리로 말씀하셨다.

"효주야. 너는 왜 남들이 가는 편한 길 놔두고, 그렇게 어려운 길을 가려고 하니? 응? 그렇지만 네가 기어코 가야한다니까 그냥 지켜볼게. 네가 아무리 미워도 엄마는 네 편일 수밖에 없잖아. 엄마 마음 알지?"

나는 대답 대신 엄마를 꼭 안아드렸다. 나는 그렇게 그날 밤 내 꿈을 향해 떠날 수 있는 티켓 한 장을 받았다.

1년 후. 그때의 나는 어떤 모습일까? 인정받는 댄서가 되기에는 턱없이 짧은 시간. 그러나 나는 남들보다 서너 배의 빠른 속도로 최고의 자리를 향해 달려갈 것이다.

종아리가 아프다. 그러나 행복하다. 꿈이 있으니까. 엄마 아빠, 고마워요.

2

여자의 향기

사랑은 내 가슴에 깊은 도끼자국을 내고야 말았
다. 배려라고는 먼지만큼도 찾아볼 수 없는 저런 사람을, 왜 사랑하게 된 것일까.
그가 어쩌다 한번 던져준 관심에 눈물을 찔끔 흘리는 나를, 내 스스로도 이해할
수 없었다. 만나면 5분간 다정하게 지내고 나머지 시간을 내리 다투면서도 그게
사랑이라고 믿어 의심치 않았다. 사랑과 미움이 마구 뒤섞여 절정으로 치달을 무
렵, 결혼으로 혼란스러운 감정을 봉합시켜 매듭지었다. 엄마는 언제나 내 곁에
조용히 서계셨다. 사랑은 물과 기름을 투명한 그릇에 부어 놓은 상태다. 쉬지 않
고 저어주어야 어울림의 상태를 유지할 수 있다. 이제부터는 기다리지 않으려 한
다. 내가 먼저 손을 내밀어 젓기 시작하겠다.

사랑이란 마치 열병과도 같다.
자기 의사와는 관계없이 생겼다가 꺼진다.

스탕달

마음을 돌려받는다는 것

사랑은 주는 것으로부터 시작된다. 하지만 그것을 되돌려 받을 때에야 사랑은 비로소 완성된다. 주는 것에는 희생이 따른다. 마음 하나를 얻기 위해 끝이 보이지 않는 희생의 외길로 자신을 몰아가야 한다. 그리고 마침내, 그 마음이 돌아오게 될 때 여자는 행복을 자각한다.

"스무 살 생일에는 꼭 받아야 하는 선물이 세 가지가 있는데, 장미꽃 스무 송이가 그 하나고, 향수가 둘, 그리고 마지막 한 가지는 남자친구의 뽀뽀래."

시험 준비에 한창 정신이 없을 때에 친구가 들려주었던 말. 나는 실없는 말이라 생각하고 웃기만 했다. 밸런타인데이에 여자가 남자에게 초콜릿을 준다던가, 화이트데이에 남자가 여자에게 사탕을 준다던가, 이런 건 장사꾼들의 상술에 의해 생긴 그저 그런 이벤트라고, 그렇게 속으로 생각했었다.

하지만 막상 스무 살 생일이 다가오자 마음이 싱숭생숭했다. 생애 단 한 번뿐인 스무 살 생일을 꽃도 향수도 없이, 뽀뽀도 없이 보낼 생각을 하니 답답했다.

남들 다 해보는 성인식이라는데…….

솔직히 장미꽃을 받고 싶은 사람이 있긴 하다. 그는 3학년 선배인 준이 오빠…….

입학 때부터 줄곧, 나는 오빠를 1년이 넘도록 짝사랑하고 있었다. 다이어트를 해서 7킬로나 뺄 수 있었던 것도 오빠 앞에 당당하게 나서고 싶은 그 마음 하나 때문이었다.

하지만 나를 대하는 오빠의 태도는 여전히 후배 그 이상도 이하도 아니었다. 살이 빠진 후 처음 화장을 하고 나타났을 때, 오빠는 깜짝 놀라며, 많이 예뻐졌다고, 정말 네가 예전의 그 예주가 맞느냐고 눈이 휘둥그레져서 나를 쳐다보았었다.

하지만 다음 날부터 금세 또 어린 후배 취급.

"오빠는 어떤 스타일의 여자를 좋아해요?"

어느 날 내가 묻자, 오빠는 이렇게 대답했다.

"솔직하고 명랑하고, 현명한 여자. 책을 많이 읽고 끊임없이 공부하는 여자가 좋아."

다른 오빠들은 그저 "얼굴 예쁘고 쭉쭉빵빵 몸매 잘 빠지면 좋지!"라고 대답하는데, 역시 오빠는 달랐다.

"너는?"

"저는 오빠 같은 사람이 좋아요."

태어나서 처음으로 해보는 나의 소심한 사랑고백이었는데, 오빠는 그냥 웃기만 했다. "나 좋아하지 마라……" 하면서.

하지만 그럴수록 나는 오빠를 좋아하는 일에 더 열심히 매달렸다. 오빠가 외모보다도 머리가 꽉 찬 여자를 좋아한다니, 나는 틈틈이 많은 책을 읽었고, 우울한 날에도 일부러 쾌활하게 말을 걸었다.

내가 읽은 『노르웨이의 숲』을 오빠도 감명 깊게 읽었다는 말을 들었을 때에는 얼마나 기쁘던지.

그러던 중 친구로부터 준이 오빠의 사연을 듣게 되었다. 같은 3학년 언니 중에 오빠와 사귀던 언니가 있었다는 것이다.

언니는 같은 과 동기들은 물론, 다른 과 남학생들까지 눈독을 들였던 굉장한 미인이었다고 한다. 게다가 그런 멋진 여자가 역시 멋진 남자인 준이 오빠와 사귀기 시작했으니, 두 사람은 캠퍼스에서 모르는 사람이 없을 정도로 유명 커플이 되었다고 한다.

"그런데, 그 언니는 어떻게 됐는데?"

"응, 갑자기 어학연수를 간다고 미국으로 떠나더니 아직도 돌아오지 않고 있대."

"그럼 두 사람은 끝난 거야?"

"모르지. 두 사람 일을 어찌 알겠어."

나는 궁금해서 미칠 지경이 되었다. 오빠는 아직도 그 언니를 기다리는 걸까? 그 언니를 사랑하는 걸까? 그래서 내가 그렇게 알짱거려도 눈치조차 못 채는 걸까?

드디어 스무 살 생일의 아침. 엄마는 미역국을 끓여주셨다. 장미꽃 받을 남자는 있느냐며 놀려대는 아빠.

"없으면 아빠가 사줄게" 하는 말에 나는 버럭 짜증을 냈다.

"아빠는! 그딴 거 다 헛소리야!"

이미 장미꽃을 받을 가망이 전혀 없기에, 나는 생일이라는 것 자체를 잊고 싶었다.

그날은 5월 축제가 시작된 날이었다. 우리 과 모두가 여러 행사에 동원되어 일을 해야 했다. 내가 맡은 일은 먹거리 장터에서 파전을 부치는 것이었다.

준이 오빠가 장터의 총 지배인이었다. 손님이 오면 큰 소리로 인사를 하며 서빙을 하는 아이들, 계산을 하는 아이들, 설거지를 하는 아이들 등, 분주한 장터 풍경. 오빠는 전체 상황을 체크하면서 재료가 떨어지지 않도록 밀가루 포대를 옮겨주고, 손님들을 모셔오고, 청소를 지시했다.

파전을 부치기 시작한 지 3시간쯤 되었을 때 오빠가 내게 왔다.

"힘들지? 내가 할게. 잠깐 쉬렴."

오빠가 파전을 부치고, 나는 잠시 의자에 앉아서 아픈 허리를 두들겼다.

피곤하고 지친 와중에도, 나는 오빠에게 그 언니 얘기를 묻고 싶었다. 하지만 차마 입이 떨어지지가 않았다.

저녁 8시까지 장터를 운영하고, 모두들 집으로 가기로 했다. 그 때였다. 친구가 소리쳤다.

"오늘 예주 생일이에요. 스무 번째 생일!"

"뭐? 생일이었어? 저런, 진작 얘기하지."

불쌍해서 그냥 보낼 수 없다며, 오빠는 아이들을 모아 아담한 카페로 이끌었다. 그런데 카페에 도착하자마자 "그럼 놀아라" 하더니 그냥 가버리는 것이 아닌가.

친구들이 커다란 케이크 하나를 사와서 노래도 불러주고 촛불도 끄고 했지만, 나는 그냥 가버린 준이 오빠가 야속했다. 오빠는 내가 자기를 좋아하는 걸 알고 있을 텐데…….

30분 정도 지났을 때였다. 가버린 줄 알았던 준이 오빠가 물에 젖은 생쥐 같은 모습으로 나타났다.

"갑자기 비가 와서……."

놀라는 우리 곁으로 다가오더니, 오빠는 내 이름을 불렀다.

"예주야."

"예?"

"스무 살 생일을 축하한다."

어느새 내 앞에는 탐스러운 붉은 장미 다발이 있었다. 내 나이와 똑같은 스무 송이 빨간 장미. 그리고 이어서 손에 쥐어진 작은 상자. 그 안에는 하트 모양의 작은 향수병이 들어 있었다.

친구들은 환호성을 지르고 휘파람을 불었다.

"선배, 이왕 장미꽃하고 향수 주는 김에 뽀뽀도 하세요."

그러자 "알았어, 다들 눈 감아"라고 말하는 오빠. 좌중은 웃음바다가 되었다.

그날 오빠는 나를 집까지 바래다주었다. 나는 모든 일이 얼떨떨하기만 했다.

오빠는 떨리는 내 손을 꼭 잡아주었다. 비가 내려서 추워서 떠는 건지, 오빠가 옆에 있어서 떠는 건지, 나 자신도 분간할 수가 없었다.

집 앞에 도착하자, 오빠가 말했다.

"힘들었지? 이제는 나도 널 좋아할 수 있을 것 같아."

"이제는…… 이라뇨?"

"정리되지 않은 문제가 있었어. 하지만 이제 다 괜찮아."

"깨끗이 청소했어요? 이제 내가 들어가도 돼요?"

"응, 들어와도 돼."

갑자기 오빠가 내 이마에 기습적으로 뽀뽀를 했다. 작고 귀여운 뽀뽀였다.

"스무 살 성인식의 뽀뽀다. 잊지 말자."

심장이 두근거려 터질 것만 같았다. 나에게 이런 기적이 일어나다니…….

스무 살 생일, 그날은 내가 어른이 된 날이자, 내 인생에 가장 놀라운 기적이 일어난 날로 영원히 기억될 것이다.

앞으로 우리 둘에게는 많은 일이 일어날 것이다. 밸런타인데이에는 오빠에게 내가 직접 만든 초콜릿을 선물해야지. 화이트데이에는 사탕 사달라고 칭얼거려야지. 생일도 서로 축하해 줘야지. 그리고 오빠가 군대에 가게 되면 공부 열심히 하면서 조신하게 오빠를 기다려야지.

오빠와 쌓아갈 추억을 상상하는 것만으로도 이렇게 행복하다니. 사랑의 감정이란 정말 신비롭다.

10년 후 우리 두 사람은 어떤 모습일까? 지금처럼 설레는 감정은 여전할까?

스무 살을 꼭 채우고 어렵게 시작한 나의 첫사랑. 예쁘게 키워 나갈 것이다.

두 가지에 투자한다는 것

사랑을 얻고 사랑을 이어가기 위해서는 '맨입'으로 안 된다. 끊임없이 투자를 해야 한다.
여자의 사랑에는 두 가지 투자가 필요하다. 하나는 외모를 가꾸고 개선하는 일이다. 아름
다움은 건강에서 나온다. 또 하나는 내적 투자다. 교양과 영혼의 깊이를 더해주는 투자.
책에서 찾을 수 있다.

오랜만에 남자친구와 큰맘 먹고 피부 마사지를 받으러 갔던 날
의 일이다.

20대 중반을 넘으면서 유난히 거칠어지는 피부. 마침 남자친구
가 며칠 후 입사 면접을 앞두고 있어서 이래저래 우리 둘 모두 특
별한 스킨케어가 필요한 상황이었다.

우리는 주머니가 궁하니 되도록 싼 곳으로 여러 번 알아보고 들
어갔다. 이상한 데 들어갔다가 1인당 5만 원 이상씩 바가지를 쓰
고 나왔다는 이야기를 여러 번 들었으니까.

우리가 선택한 곳은 만 원에 기본 마사지를 해주고 팩의 종류에
따라 5천 원에서 만 원 정도를 추가하면 되는, 우리 수준에 딱 맞

는 저렴한 곳이었다.

하지만 피부관리사는 내 피부 상태를 꼼꼼히 관찰하더니 자꾸 각질제거를 추가하라고 권유했다. 그걸 하지 않으면 피부 표면에 죽은 세포가 달라붙어 있어 마사지와 팩을 해도 영양 성분이 제대로 흡수되지 않는다는 것이었다. 얼마냐고 물으니, 각질제거 작업은 손이 많이 가서 만 원을 추가로 받는단다.

"나 각질제거 하라는데……."

"음. 그럼 저녁은 라면이다."

이렇게 해서 마사지에 각질제거에 팩까지 무려 3만 원짜리 케어를 받게 되었다. 나에 비해 남자친구는 피부가 좋은 편인지 뭔가를 추가하라는 이야기도 없었고, 오히려 관리사가 계속 감탄사를 연발했다.

"와! 정말 피부가 좋으시네요. 여자 피부라고 해도 믿겠어요."

옆에 누운 나는 계속 주눅이 들었다. 피부가 나빠 돈도 더 많이 드는데다, 관리사가 계속 혀를 쯧쯧 하며 탄식까지 하는 것이 아닌가.

"언니, 각질이 이렇게 쌓일 때까지 도대체 뭐 하셨어요? 어머, 기미까지 올라오네요. 미백관리도 받으셔야겠어요."

철렁철렁 내려앉는 가슴. 이럴 줄 알았으면 남자친구 빼놓고 혼자 올걸…….

솔직히 대학원생 신분에 피부관리실 다닐 돈이 어디 있단 말인가. 엄청난 등록금은 부모님이 해주신다 쳐도, 책 살 돈은 내가 벌어야 한다. 그러니 아르바이트로 찔끔찔끔 들어오는 돈은 죄다 책과 학용품을 사는 데 다 써버릴 수밖에 없다. 화장품도 언니 것을 몰래 훔쳐 바르는 서글픈 인생이다.

어쩌다 굴러다니는 화장품 샘플을 발견하면 노다지라도 캔 심정이다. 브랜드도 효능도 묻지 않는다. 그저 바를 수만 있다면 감지덕지다.

길에서 머리부터 발끝까지 빼입고 곱게 화장한 내 또래의 여자들을 보면 괜히 남자친구에게 미안해진다. 예쁜 여자친구 보는 재미에 한창 빠져 있어야 할 때인데, 그의 여자친구는 화장을 할 줄도 모르고 늘 헐렁한 청바지에 티셔츠 쪼가리 차림이니 말이다.

"나도 꾸미면 예뻐. 알지?"

나는 괜히 말해 본다. 그러면 남자친구는,

"그럼 알지. 그리고 자기는 화장 안 해도 청순하고 더 예뻐" 하며 뽀뽀를 해준다.

같은 대학원에 다니는 친구들 중에도 유난히 멋을 부리는 아이들이 있다. 그런 아이들은 집에서 등록금도 대주고 용돈도 두둑이 챙겨주는 모양이다. 하지만 대학원은 폼으로 다니고 공부에는 별 관심이 없는 그들을 볼 때면, 솔직히 짜증이 난다. 공부에 관심 없으면 대학 졸업해서 그냥 시집이나 갈 것이지, 왜 대학원까지 와서 부모 돈을 축내는 걸까?

가난한 나는 가장 젊고 싱싱해야 할 20대를 공부에 올인하여 미니스커트 한 번 입지 못하고 초라하게 보내고 있지만, 그래도 당당하다.

나는 20대는 당연히 가난하게 보내야 한다고 생각한다. 좀 덜 먹고, 덜 입고, 아끼고 쪼개면서 미래를 위해 투자하는 시기라고 생각한다. 이 시기에 온통 멋 부리는 일에만 골몰하다가 부잣집 남자를 만나 결혼하면 팔자가 피겠지만, 그렇지 않는 이상 평생 멍청한 여자로 늙어갈 수밖에 없을 것이다. 왜냐면 여자의 미모는 기껏해야 20대뿐이니까.

관리사는 벌써 각질제거 코스를 마쳤다. 작은 알갱이들이 얼굴을 마찰해서 조금 화끈거린다. 곧이어 계속되는 마사지 코스. 향긋한 아로마 향기가 코로 스며든다. 이 정도 향이면 꽤 비싼 제품인가보다.

그때 옆에 누워 있는 손님과 관리사의 대화 내용이 들려왔다. 목소리로 추정컨대 손님의 나이는 아마도 40대 초반 정도인 것 같다.

"여자는 공부 잘해봤자야. 대학이야 뭐 폼으로 다니는 거지. 솔직히 성적 좋으면 뭐해? 그 성적표 얼굴에 맨날 붙이고 다닐 거야? 공부 못 해도 얼굴 예쁘면 시집 잘 가서 잘 살고, 공부 잘해도 얼굴이 못 생기면 죽었다 깨나도 시집 못 가더라고. 그래서 난 공부 안 하고 피부관리만 줄창 했어. 우리 딸한테도 그래. 공부는 기본만 해라. 여자는 외모가 더 중요하다라고."

너무도 솔직하신 아주머니.

관리사는 "그럼요, 손님. 특히 피부가 나쁘면 여자 취급도 안 해주잖아요"라며 맞장구를 쳤다.

듣기 싫으면서도 나는 그 손님의 이야기에 계속 빨려 들어가고 있었다.

"내가 아는 아줌마도 자기 딸이 무슨 일류대 석사 학위를 땄다고 무지하게 자랑을 늘어놓던데, 뚱뚱하고 못생겨서 시집도 못 가고 늙었더라고. 지금은 자랑은 무슨 자랑! 애물단지라고 한숨만 푹푹 쉬고 있어. 여자는 성격이 좋아야 하고 똑똑해야 한다는 말, 다 헛소리야. 결혼할 때 돼봐. 7, 8년 죽고 못 살게 연애하고도 차버리고는, 젊고 싱싱한 여자 만나서 3개월 만에 뚝딱 결혼하는 게 남자들이야."

가슴을 후벼 파는 말들……. 차라리 귀를 막아버리고 싶은 심정이었다. 어쩜 그렇게 내 가슴을 콕콕 찌르는 말만 하는지.

한 시간 후, 팩까지 다 마치고 그곳을 나오면서 그 아줌마의 얼굴을 볼 수 있었다. 과연, 굉장한 미모에 하얗고 팽팽한 피부를 갖고 있었다. 20대인 내가 부러움을 느낄 정도였다.

그러나 저러나, 저 아줌마의 말을 내 남자친구도 모두 들었을 것 아닌가. 나는 걱정이 되었다.

라면을 먹으면서 그에게 물었다.

"아까 그 아줌마가 한 말……. 어떻게 생각해?"

남자친구는 라면을 후루룩 불면서 묻는다.

"무슨 아줌마?"

"아까 피부관리실에서 말이야……."

"나는 자느라고 아무 소리도 못 들었는데?"

나는 안도감에 가슴을 쓸어내렸다. 혹시라도 남자친구가 그런 나쁜 말을 듣고 영향을 받을까봐 걱정이 되긴 했다.

라면을 먹는 내내, 나는 머릿속이 복잡했다. 내가 너무 단순하게 생각하고 있었던 걸까? 지금부터라도 아르바이트를 하나 더 늘려서 예쁜 옷 사 입고 피부관리에 신경을 써야 하는 걸까? 아르바이트를 더 하면 그만큼 공부할 시간이 줄어들 텐데, 그러면 성적은 어쩌지? 잠을 더 줄여야 하나?

남자들은 좋겠다. 여자들처럼 외모에 대해 압박을 받지는 않을 테니까. 요즘은 남자도 외모가 경쟁력이라고 하지만 여자들처럼 돈과 시간이 많이 들지는 않는다. 하지만 여자들은 멋을 내기 시작하면 옷, 구두, 가방, 헤어스타일, 화장 등등 해야 할 것이 너무 많고 돈 드는 것 투성이다.

내 남자친구는 못생기고 피부가 나쁘다는 이유로 오래 사귄 여자를 버리는 그런 나쁜 남자가 아니기를……. 가난한 나로서는 그저 두 손 모아 기도하는 것밖에는 방법이 없다.

아픔에 몰입한다는 것

아픔이 사랑을 무르익게 한다는 말은 전적으로 옳은 지적이다. 여자는 사랑의 고통을 감싸 안으며 사랑을 지키고 키워나간다. 하지만 아픔에 대한 대가를 기대할 수 없다면, 고통의 끝이 보이지 않는다면, 아픔이 철저히 일방적인 것이라면, 그래도 사랑일까. 사랑이어야만 할까.

그와 만난 지 2년이 되어간다.

2년이 되었다고 하면 남들은 "그래, 아직 좋을 때네"라고 말하는데, 정작 나는 좋은 줄 모르겠다. 이것도 사랑이라고 말할 수 있는 건지, 정말 내가 연애라는 걸 하고 있는 건지, 나 자신도 알 수가 없다.

사람들은 외롭기 싫어서 사랑을 한다는데, 왜 나는 사랑할수록 더 외로운 걸까?

며칠 전 그와의 전화 통화. 우리는 너무나 화가 난 상태였기에, 이성을 잃은 채로 소리를 질러댔다. 나는 그를 이기주의자라고 공격해댔고, 그의 입에서는 이제 지긋지긋하다고, 너 같은 여자랑은 더 이상 만날 수가 없다는 최후의 말들이 쏟아져 나왔다.

전화를 끊고 얼마나 울었는지……. 베갯잇이 눈물로 축축이 젖었다.

지난 2년 동안을 돌이켜보면 좋았던 기억보다 서러웠던 기억, 슬펐던 기억만이 한 가득이다.

2년 동안 단 한 번도 서로의 생일이나 기념일을 같이 보내지 못했다. 그는 늘 내 생일을 대수롭지 않게 잊어버렸고, 내가 그의 생일을 챙겨주려 하면 다른 사람들과의 약속으로 늘 바빴으니까.

그에게 주기 위해 설레며 장만한 선물들은 다음 날이면 고스란히 쓰레기통에 들어갔다. 줘봤자 고마워하지도 않을 테니까.

서운하다, 어떻게 하나뿐인 여자친구 생일을 잊을 수가 있느냐, 크리스마스처럼 특별한 날을 왜 함께 보낼 수 없느냐. 내가 훌쩍거리며 하소연을 하면, 그는 그만 좀 하라며 되레 화를 냈다. 자기는 원래 생일 같은 거 챙겨주지 않는 놈이고, 여자친구보다도 먹고 사는 일이 더 바쁜 놈이니 이런 자기를 이해해 주지 못한다면 그냥 떠나라는 식이었다.

한바탕 싸우고 나면 그는 3일씩 5일씩 연락이 없다. 견디다 못해 내가 전화를 하면, 그는 아무렇지도 않게 전화를 받았다. 내가 화가 많이 난 것 같아서 그냥 기다렸다는 것이었다.

결국 나는 많은 것을 포기하게 되었다. 그와 좋은 시간을 함께하고 싶은 욕심도, 그에게서 자잘한 선물을 받는 기쁨도, 여자로서 아기자기 사랑을 받는 그 소중한 경험도, 모두 포기해야 했다.

포기하지 않으면 내가 힘드니까. 그걸 포기하지 않는 한 그와의 사랑을 이어갈 수 없으니까.

그렇게 결심을 하니, 우리의 사랑은 그럭저럭 이어갈 수 있었지만, 내 마음은 갈수록 공허해져갔다.

이게 뭘까? 이게 사랑일까? 적어도 내가 아는 사랑은 서로 아껴주고 좋은 날이나 힘든 날에 함께 있어주는 것인데…….

내가 그를 필요로 할 때, 그는 대체 어디에 있는 걸까?

어제는 나의 생일이었다. 그를 만나고 세 번째 맞는 생일.

전화로 심하게 싸운 다다음 날이라 그에게서 연락이 올지 알 수 없었지만, 그래도 내 생일인데 설마 그냥 넘어가지는 않겠지, 또다시 부질없는 기대를 품었다.

왜냐하면, 싸울 때 내가 울면서 말했었으니까. 이게 무슨 사랑이냐고. 사랑받지 못하는데 이게 무슨 사랑이냐고. 내일모레가 내 생일인 거 기억이나 하느냐고.

그는 벌컥 화를 냈다. 생일인 거 알고 있고, 안 그래도 둘이 어디 여행이라도 가야지 생각하고 있었다며, 네가 그런 말을 하니 오히려 기분이 상한다며 화를 내는 것이었다.

그가 말했다.

"넌 내가 행동으로 보여주기 전에 늘 징징거리고 요구하는 게 문제야. 나도 달라지려고 노력하는데 너의 짜증을 받아주다 보면 정말 지친다구!"

그래도 생일날이니, 전화가 오지 않을까.

생일 파티를 해준다며 나오라는 친구들의 전화를 마다하고, 나는 그를 기다렸다. 미용실 가서 머리도 하고, 예쁜 옷도 차려입고, 하루 종일 그의 연락을 기다렸다.

오늘만큼은 그에게 전화가 오면 절대로 짜증 안 내고 예쁘게 웃기만 해야지 다짐하면서.

그러나 저녁 8시가 되도록 그에게서는 전화가 오지 않았다.

참지 못해 전화를 거니, 그는 친구 아이 돌잔치에서 저녁을 먹고 있는 중이었다.

"오늘 내 생일이야. 빨리 와서 축하해줘."

하지만 돌잔치 끝나고 일 때문에 사무실에 들어가 봐야 한다는 대답뿐이었다.

"하루 종일 오빠 기다리느라 친구들이 나오라는 것도 거절했는데 너무한 거 아니야?"

나의 말에 그는 이렇게 대답했다.

"미련하게 왜 그랬어? 그냥 친구들이랑 놀지."

전화를 끊고 나는 서러움에 꺼이꺼이 목 놓아 울었다. 특별한 날을 함께 보내기 위해 기다리는 나를 미련하다고 말하는 그.

친구 아이 돌잔치, 끝내야 하는 일. 모두 중요할 것이다. 하지만 그가 조금이라도 나를 생각해 주었다면 이렇게 어두운 방에 혼자 내버려두지는 않았을 것이다. 전화를 걸어줄 수도 있었고, 돌잔치에 함께 가자고 할 수도 있었을 텐데.

생각할수록 슬프기만 했다. 그렇게 혼자 있다가는 돌아버릴 것 같아서, 친구를 불러내어 밖으로 나갔다.

둘이 술을 마시며 남자친구를 실컷 욕했다.

나쁜 자식! 자기 여자를 늘 외롭게 만드는 못난 남자.

친구는 싸우고 나서 먼저 연락을 하는 나에게도 문제가 있다며, 이렇게 힘든 사랑 이제 그만 하라고 말했다.

"네 사랑은 네가 만드는 거야. 네가 자꾸 용서하고 넘어가니까 남자가 계속 너를 푸대접하는 거야. 이제 그만 끝내. 네가 아깝지도 않니? 얼마든지 재밌게 사랑할 수 있는 나이에 왜 그런 남자를 만나서 맨날 지지리 궁상이니?"

나는 거의 미친 여자처럼 울기 시작했다. 지난 2년간의 내 사랑이 너무 안타까웠다. 그 시간이 너무 아까웠다.

지난 2년 동안 나는 사랑을 한 게 아니라 사랑이라는 환상에 집착하며 보냈던 것 같다. 아니 어쩌면 그가 내게 주는 아픔에 도취되어 있었던 것 같다. 그런 아픔을 겪어야만 사랑을 이룰 수 있다는 어리석은 믿음을 간직한 채로…….

그러나 이제는 끝이다. 나는 더 이상 이런 외로운 사랑은 안 할 것이다.

오늘 밤, 그에게 나는 최후의 통첩을 보낼 것이다. 이제 끝이라고. 너와 계속 사귀기엔 내가 너무 아깝다고.

바늘구멍 앞에 산다는 것

이 땅의 여자에게는 바늘구멍이 너무도 많다. 좁은 구멍을 앞에 놓고 치열한 경쟁을 벌여야만 한다. 그래서 '여자의 적은 여자'라는 공식이 불변의 진리처럼 통용되기도 한다. 하지만 여자라서 적인 것이 아니다. 보다 근본적인 것은 저 좁은 바늘구멍이 아닌가. 언젠가는 바늘구멍이 송곳 구멍 정도로 커지겠지. 또 그 다음에는…….

나는 올해 2월 부푼 꿈을 안고 대학을 졸업한 새내기 백조다.

벌써 11월 찬바람이 불어오고 있으니 거의 1년이 되도록 백조 생활을 이어가고 있는 셈이다.

물론 그 사이에 일을 전혀 안 했던 것은 아니다. 어느 인터넷 업체의 고객관리직으로도 들어갔었고, 학원의 영어 강사로도 일했었고, 또 어느 대형 할인마트의 사무직으로도 일을 했었다.

문제는 이 모든 직장에서 한 달을 채 못 버텼다는 것이다. 인터넷 업체의 경우에는 불과 3일을 일했고, 대형 할인마트에서는 일주일. 그나마 학원의 경우 한 달을 채워서 월급을 받았다는 것이 기적일 따름이다.

부모님은 벌써 나에게 '성격적 결함'이라도 있는 건 아닌지 생각하시는 것 같다. 사회생활에 적응을 못하는 나약한 성격이 아닌지 염려하시는 것이다.

하지만 내가 내린 결론은, 실력도 부족한데다 운까지 지독하게 없었다는 것.

나는 그리 좋은 대학은 아니지만 그렇다고 처지는 대학도 아닌 곳을 나와서, 나름대로 성실하게 취업 준비를 했다. 훌륭하다고 내세울 순 없어도 평균은 넘는 학점과 토익 점수, 면접에서 인정을 받을 정도의 영어 회화 능력 등을 갖추었다고 믿었다.

이 정도면 대기업은 안 되어도 중소기업 신입사원 정도는 충분히 들어가리라 믿었는데…….

몇 군데 입사시험을 보면서 나의 사기는 꺾여갔다. 평균을 약간 넘는 성적으로는 어느 곳에서도 뽑힐 수 없다는 것을 뒤늦게 깨달았다.

이름도 처음 들어본 소규모 기업의 입사시험에도 일류대학 졸업자가 줄을 이었고 유학파까지 있었던 것이다. 게다가 이들은 900이 넘는 토플 성적과 네이티브 뺨치는 영어 실력으로 무장하고 있었다.

시험을 거듭할수록 나는 눈높이를 낮출 수밖에 없었다.

그러다가 합격하게 된 인터넷 업체의 고객관리직. 일등 회사는 아니어도 그 분야에서 꽤 많은 회원을 확보한 업체였다.

하지만 입사 첫날 환영파티에서 벌어진 부서 팀장의 이상한 행동. 내 상식으로는 도저히 이해할 수 없는 행동이었다.

친한 사람이 없으니 누굴 붙잡고 하소연을 할 수도 없었다. 여자 선배들과 의논을 하고 싶었지만 그런 기회를 찾을 여유도 없이 부서 팀장의 이상한 행동은 계속 되었다.

결국 3일을 마지막으로 회사에 나가지 않았다. 걸려오는 전화도 받지 않았다.

그 후 취직한 대형 할인마트의 사무직. 설레는 마음으로 들어갔지만, 이곳에서 여자 직원은 모두 하녀 취급을 당하고 있었다.

하루 종일 계속되는 커피 심부름, 복사 심부름. 특히 나보다 겨우 한 살밖에 많지 않은 남자 입사 동기까지 모든 잔심부름을 나에게 시키는 것이었다. 심지어 담배 심부름까지.

"제가 다방인가요? 심부름센터인가요? 왜 자꾸 저에게 심부름을 시키십니까?"

그러자 그가 이렇게 말했다.

"나는 고급인력이고 너는 원래 심부름 시키려고 뽑은 하급인력이야. 이런 심부름 하라고 너 월급 주는 거야."

할인매장에서 일하는 수백 명의 아줌마 근로자들이 뒤로 넘어갈 만한 발언이었다.

미친놈이라 생각하고 참고 일하자 다짐했지만, 같은 여자 선배들까지 합세하여 온갖 잔심부름을 시키는 통에 두 손 두 발 다 들고 뛰쳐나왔다. 솔직히 심부름시키는 그놈보다도 그걸 은근히 즐기는 언니들이 더 미웠다.

그렇게 어느새 두 직장을 전전하고 꾸준히 백조의 삶을 살던 중, 학교 선배 한 분이 자신이 다니는 학원에 영어 강사로 오지 않겠느냐고 제안을 했다. 초등학생 영어라 내 실력 정도면 충분히 할 수 있을 거라는 선배의 말에 나는 용기를 얻었다.

학원 일은 의외로 보람이 있었다. 아이들을 다루는 일이 좀 낯설기는 했지만, 그래도 선생님, 선생님 하며 안기는 아이들에게 정을 느꼈고, 나의 가르침으로 아이들의 성적이 오르는 것을 보니 신기하기도 했다.

하지만 머지않아 다시 웃기는 상황이 벌어졌다. 내가 점차 인정을 받고 학생과 학부모들에게 인기를 끌자 나를 불러들인 선배가 은근히 견제를 하기 시작한 것이었다.

선배의 교묘한 이간질 작전 아래 다른 교사들의 따돌림이 시작됐다. 그리고 나는 마침내 점심도 함께 할 사람이 없는 외톨이가 되어버렸다. 내가 무심코 했던 말이 와전되어 학원장의 귀에까지 들어가는 일이 비일비재했다. 결국 나는 학원을 그만둘 수밖에 없었다.

모두 한 달 안에 일어난 일이었지만 나에게는 그 시간이 일 년이 넘는 듯 길게 느껴진다.

결국 나는 다시 백조가 되었다.

공무원 시험을 볼까? 다시 공부를 해서 전문 자격증을 따는 것이 어떨까? 무시당하고 설움 받지 않으려면 확실히 실력을 키우는 수밖에 없다.

하지만 대학교육까지 다 시켰으니 빨리 사회에 나가서 제 구실 하기를 바라는 부모님께서 보시기에 너무나 민망했다. 대학 다니는 동생은 놀고 있는 나를 한심하게 바라본다.

나는 괘씸해서 이를 간다. 두고 봐라. 너도 취업할 때 얼마나 잘하는지 지켜보마.

지금 나의 가장 큰 고민은 경제적으로 너무나 궁핍하다는 것이다. 밥이야 식구들과 함께 사니 굶지는 않지만, 친구들 만나러 나갈 교통비며 커피 값조차 없으니 말이다.

몰골이 궁색하니 친구들이 불러내도 부담만 된다. 취직됐다고 자랑하는 친구들 말에 편하게 축하해 줄 마음의 여유도 없다.

다시 공부를 하자니 학원비와 교재비도 만만치 않고 부모님께 손을 벌리기도 어려운 실정이다. 낮에 아르바이트를 하고 밤에 학원을 다니는 이중생활도 생각 중이다. 이럴 줄 알았으면 대학 다닐 때 틈틈이 자격증을 따두는 것이 좋았을 텐데.

학교를 다닐 때는 왜 무작정 다 잘될 것이라고 막연하게 믿었었는지 모르겠다. 준비하지 않는 자에게 기회는 오지 않는다는 걸 이제야 깨닫다니, 정말 후회막급이다.

일단 진로부터 확실하게 정해야 한다. 내가 무엇을 하고 싶은지, 어떤 분야를 원하는지. 공무원 시험? 솔직히 그건 도피처에 지나지 않는다. 합격이 하늘의 별 따기니, 공부한다고 폼만 잡다가 포기하게 될 것 같다.

차라리 영어 실력을 좀 더 보강하여 영어학원 강사가 되는 것이 지금으로선 가장 현실적인 대안인 것 같다. 그러기 위해서 이력서도 다시 쓰고, 자기소개서도 재점검을 해야겠지.

내 나이 이제 스물다섯. 한창 좋을 나이에 집에 처박혀 우중충한 세월을 보내고 있다. 아마 이 땅의 수많은 이태백들도 나와 비슷한 처지일 것이다.

내일부터는 좀 더 밝게 살아야지. 집에 있지 말고, 차라리 도서관에 가자. 괴로워도 친구들을 많이 만나자. 그래야 정보도 교환하고 자극도 받을 것이다.

치열하게! 열심히! 언젠가는 꼭 햇빛이 찬란하게 비칠 날이 있을 거라는 희망을 버리지 말자. 나 자신에게 다짐해 본다.

스스로 손발을 묶는다는 것

이래서는 안 된다고 수차례 마음을 고쳐 먹어보지만 어느새 발걸음은 그곳을 향하고 있
다. 이것은 딱 떨어지는 방정식 문제가 아니다. 나중에 후회할 것 같다는 느낌이 어느새
확신이 되어 다가온다. 그렇지만 어쩔 수가 없다. 여자는 일생에 한 번, 손발을 스스로 묶
는 결심을 한다. 후회할 줄 뻔히 알면서도 그 길을 간다.

3년을 사귄 그와 결혼을 앞둔 요즘, 나는 괴로운 나날을 보내고
있다.

부모님은 처음부터 그를 마음에 들어하지 않았다. 그의 부모님
이 모두 돌아가신 것도, 학벌이 다소 처지는 것도, 평범한 샐러리
맨이 아니라 작은 카페를 운영하는 것도, 부모님 눈에는 가시처럼
보이는 모양이다.

그와 사귀는 3년 동안 부모님은 나의 마음을 돌이키려고 갖은
노력을 다하셨다. 조건 좋은 남자와 강제로 맞선도 보게 하셨고,
억지로 만나게 하셨다. 경제적으로 여유가 있는 남자와 드라이브
다니고 좋은 식당에서 식사도 하면 내 마음이 달라지리라 생각하

신 모양이었다.

여자의 행복은 결국 능력 있는 남자와의 결혼에서 결정된다고 철썩같이 믿는 엄마. 곱게 키운 딸을 그런 근본도 모르는 고아에게 보낼 수 없다는 아빠.

마음만 먹으면 얼마든지 좋은 곳으로 시집 갈 수 있는 애가 왜 하필이면 카페 주인한테 미쳤느냐며 엄마에게 손찌검도 여러 번 당했다. 평생 내게 손 한 번 대신 적 없는 아빠에게 따귀도 맞았다. 첫째 딸 말이라면 싱글벙글 웃으며 무엇이든 들어주시던 다정한 아빠였는데, 그런 아빠에게 따귀를 맞았으니 정신적 충격이 컸다.

하지만 자식 이기는 부모는 없다던가. 엄마도 아빠도 서서히 지쳐갔다. 드디어 그를 보겠다고 집에 데려오라고 하신 것이다.

하지만 그렇게 3년 만에 어렵사리 우리 집에 온 그는 첫 대면부터 부모님의 노여움을 사고야 말았다. 부모님은 넙죽 엎드리며 '잘하겠습니다'고 애걸하기를 기대했지만, 그는 오히려 고개를 뻣뻣이 세우고 묻는 말에만 단답형으로 대답했다.

"한 달에 수입은 얼마 정도 되나?"

"2~3백 정도 됩니다."

"집은 언제 장만할 건가?"

"생각해 본 적 없습니다."

"자네 꿈이 뭔가?"

"굶지 않고 먹고 사는 것이 꿈입니다."

십대 시절부터 부모 없이 혼자서 자란 탓에 유난히 자존심이 강한 남자였다. 나는 그저 양측의 신경전을 조마조마한 마음으로 지켜볼 수밖에 없었다.

결혼을 허락한 후에도 부모님은 사사건건 제동을 거셨다. 그의 사정을 뻔히 알면서 우리 집에서 가까운 지역의 30평대 아파트 전세를 강요하셨고, 대형 냉장고며 벽걸이 TV며 혼수를 바리바리 싸주겠다는 부모님.

게다가 우리 집안은 격이 있으니 적어도 하객 5백 명을 수용할 수 있는 큰 호텔 예식장을 예약해야 한다고 말씀하셨다. 사돈에 팔촌까지 다 모아봤자 백 명을 넘기 힘든 그의 가족들 앞에서 그가 어떤 심정이 될지, 전혀 고려해 주시지 않았다.

그가 뻣뻣하게 굴수록 부모님의 미움은 깊어갔다. 고아라서 배운 게 없어서 버릇이 없다는 둥, 생김새에서 빈티가 졸졸 흐른다는 둥, 콤플렉스가 많아서 살면서 괴로울 거라는 둥, 두 분은 끊임없이 그의 흉을 보셨다.

그가 두 분의 이런 심정을 모를 리가 없었다. 자연히 우리 둘의 관계도 예전처럼 좋지만은 않았다.

어느 날, 결혼식만은 호텔에서 해야겠다는 나의 조심스러운 말에, 그는 굳은 얼굴로 말을 끊었다.

"너도 다른 여자들이랑 똑같구나. 관두자."

나는 내가 원하는 것이 아니라 부모님이 마지막으로 원하는 것이니 자기가 한 번만 양보하면 안 되겠냐고 울면서 사정을 했다. 하지만 그는 요지부동이었다.

"나는 구멍가게만한 카페 주인일 뿐이야. 나한테 시집오겠다면서 뭘 기대했어?"

울며불며 그의 팔에 매달렸지만 그는 나를 카페 밖으로 야멸차게 쫓아냈다.

그 후 결혼이고 뭐고 다 그만두자는 그의 말에 충격을 받은 나는 식음을 전폐하고 울부짖는 것밖에는 아무것도 할 수 없었다.

부모님은 세상을 포기한 듯한 나의 모습에 망연자실 충격을 받으셨다. 내가 그 남자에게 그토록 미쳐 있을 줄은 모르셨던 것이다.

결국 보다 못한 아빠가 그에게 찾아가셨다. 딸이 다 죽게 생겼으니 어서 결혼을 해달라고. 자네 마음대로 다 하라고.

아빠가 그런 말씀을 하시다니, 아마 아빠는 속으로 피눈물을 흘리셨을 것이다. 그날 아빠는 술을 마시고 들어와 어머니를 부둥켜안고 꺼이꺼이 우셨다.

결국 모든 것이 그의 뜻대로 되었다. 나는 카페에 딸린 작은 월세방에서 신혼살림을 시작할 것이고, 혼수는 내 화장대 외에는 아무것도 해가지 않기로 했다. 결혼식은 구청에서 무료로 대여해 주는 예식홀에서 하기로 했다. 예물은 18K 금반지가 전부다.

처갓집에서는 일체의 경제적 지원을 안 받겠다는 그 사람.

나는 사랑하는 남자를 남편으로 맞이하는 대신, 사랑하는 부모님의 가슴에 비수를 꽂고 말았다.

이 모든 일을 겪고 나니, 부모님이 말씀하시는 가정환경이라든지, 조건이라든지 하는 것들이 왜 중요한지를 어렴풋이 알 것 같기도 하다.

그의 지나친 자존심, 황소고집, 무서울 정도의 냉정함……. 어쩌면 부모님이 정말로 걱정하신 것은 그가 가난해서가 아니라, 여린 내가 감당하기엔 그의 성격이 너무나 모질기에, 그래서 내가 불행해질까봐 걱정하신 것인지도 모른다.

일찍 결혼한 나의 친구들, 선배 언니들은 내 이야기를 듣고 미쳤다고 말한다. 이 결혼 절대로 잘될 리 없다고, 두 사람이 달라도 너무 다르다고, 늦기 전에 빨리 그만두라고 고개를 흔든다.

어쩌면 그게 좋을지 모르겠다. 이미 그의 무서운 성격을 너무나 많이 봐버린 나. 여전히 그를 사랑하지만, 그와의 결혼에는 확신을 잃어버린 상태다. 그렇다고 헤어질 용기도 없으니 어쩌면 좋을지 모르겠다. 끊임없이 수렁으로 빠져드는 기분이다.

결혼을 앞두고 있는 스물여섯 해. 나는 웃음을 잃었다. 앞으로 내 인생은 어떻게 되는 것일까.

행복 기술을 익힌다는 것

여자의 행복은 훈련받는 것이다. 훈련받은 여자가, 그렇지 않은 여자에 비해 행복해질 확률이 월등히 높다. 행복은 타인이 만들어주는 것이 아닌, 스스로 발견하는 것이기 때문이다. 여자의 행복 찾아내기는 여자에 의해 훈련된다. 여자는 자신의 어머니의 삶을 답습하며 행복을 찾는 기술을 익히고 실천한다. 당신이라면, 딸에게 어떤 삶을 물려주고 싶은가.

꼼지락 꼼지락.

남편이 슬며시 일어나 이불 밖으로 나가는 인기척이 느껴진다. 직장이 멀어서 나보다 한 시간 먼저 일어나야 하는 불쌍한 나의 새신랑.

결혼한 지 겨우 3개월. 원래대로라면 남편이 일어날 때 같이 일어나 아침도 차려주고 와이셔츠며 넥타이도 챙겨주어야 하는데, 나 역시 잦은 야근에 늘 잠이 모자라다보니 남편이 나가는 줄도 모르고 잠에 빠져 있는 때가 다반사다.

알람 소리에 일어나 보면 이미 남편은 출근한 지 오래. 남편은 맞벌이인데 아침은 신경 쓰지 말고 각자 해결하자는 주의다.

셔츠는 동네 세탁소에서 단골로 다려 입고 시댁에서 반찬도 얻어다 먹으니, 살림은 거저 하는 셈이다. 가끔 쌓여 있는 세탁기만 열심히 돌려주고 주말에 남편과 합심하여 청소만 하면 된다.

남편이 출근준비를 하는 동안 누가 업어 가도 모를 정도로 잠을 자는 나. 오늘은 눈이 뜨여 그의 움직임을 좇고 있다. 따뜻한 이불 속이 왜 이리 좋은지 계속 잠자는 척해 본다.

남편이 세수와 면도를 마쳤는지 비누냄새를 풍기며 방으로 들어왔다. 내가 깰까봐 살금살금 소리 죽여 걷는 남편.

나는 살짝 돌아누우며 이불을 발로 훌쩍 차냈다. 그는 로션을 바르다 말고 살금살금 다가와 그 이불을 다시 꼬옥 덮어준다.

장난기가 발동해서 다시 한 번 이불을 탁 쳐냈다. 그랬더니 그가 또 다시 슬며시 다가와 이불을 덮어주는 것이었다. 이번에는 내 얼굴을 한참 바라보고, 머리를 살며시 쓰다듬으면서.

그리고 다시 조심스레 옷장 문을 열고 옷을 입는 남편.

매일 아침 내가 잠이 깰까봐 그렇게 까치발로 걸어 다녔던 걸까? 나는 그것도 모르고 천하태평 잠만 잤으니.

"사랑해"라고 외치고 싶지만, 왠지 이 평화로운 긴장상태를 깨는 게 싫어서 나는 계속 자는 척을 하며 이불 속에 누워 있다.

그가 나가고 자물쇠가 철컥 걸리는 소리를 들은 후에야 나는 살며시 눈을 떴다. 그리고 "사랑해……"라고 조용히 중얼거렸다.

이렇게 달콤한 사랑을 받으려고 그를 만난 걸까? 그의 자상함에 이불 속이 더욱 따뜻하게 느껴진다.

결혼은 신혼 3개월 재미를 위해서 하는 거라고 선배 언니들은 말했었다. 그 3개월이 지나면 좋은 것도 사라지고, 서로 못 헤어져 같이 사는 형국이 될 거라고. 하지만 이렇게 자상한 나의 남편이라면, 1년이고 10년이고, 우리는 행복할 것만 같다.

사람들은 신혼이 일종의 걸음마 연습과도 같다고 말한다. 처음 걸음마를 잘 떼고, 그 연습을 충실히 하면 그 생활이 평생으로 이어진다고 한다. 나와 남편은 그런 걸음마 연습을 잘 하고 있는 것 같아 안심이 된다.

두통이 있다고 하면 오밤중에도 헐레벌떡 뛰어나가 두통약을 사다주는 그 사람. 어깨가 아프다고 하면 아무리 피곤해도 벌떡 일어나 땀까지 흘리며 마사지를 해주는 남편. 작은 화분이라도 들려고 하면 무거운 것 들지 말라며 눈썹을 휘날리며 달려오는 나의 사랑.

이에 비해 내가 그에게 해주는 것은 아무것도 없는 것 같다. 기껏해야 안아주고 뽀뽀해 주고 오빠라고 부르며 애교를 부리는 것이 전부다. 그런데도 그는 바보처럼 세상에서 가장 행복한 남자 같은 표정을 짓는다.

나에게 어떻게 이렇게 좋은 남편이 생겼을까? 이불 속에서, 나는 조용히 다짐한다.

"10년 후에도 20년 후에도, 오늘을 잊지 않을게. 이 고마운 마음 영원히 기억할게."

우정을 이어간다는 것

여자에게는 친구가 없다는 말이 있다. 평생 가는 우정을 쌓기 어렵다는 의미일 것이다.
하지만 이것은 올바른 지적이 아니다. 책임질 일이 많아지고 그것에 얽매이다 보니 만날
시간을 내기 어려울 뿐이다. 여자의 우정은 불처럼 뜨겁지 않다. 그것은 사실이다. 다만
물처럼 흘러 잔잔하게 어우러질 뿐이다.

내게 남자가 없었을 때, 나는 결혼하는 친구들의 도우미로 이름
이 높았다. 결혼을 준비하는 친구들이 나를 부르면 만사를 젖혀두
고 달려가곤 했다.

웨딩드레스를 같이 골라주기도 하고, 시간이 없는 친구 대신 주
례와 피아노 반주를 섭외해 주기도 하고, 야외 촬영 때 가방을 들
고 쫓아다니는 건 기본이요, 결혼식 때 부케를 받는 것도 내 역할
이었다.

그래도 아쉬운 것 같아서 축의금도 내고 선물도 사주며 열심히
퍼주었다. 기본 축의금은 10만 원이었고, 선물을 원하는 아이들에
게는 10~15만 원 선에서 필요한 것을 사주곤 했다. 중학교 동창

의 경우에는 그래도 배꼽친구나 다름없으니 속옷 세트라도 쏘겠다하여 당시 돈으로 거금 23만 원을 썼던 기억이 난다.

언젠가는 고등학교 동창 중에 지방에서 결혼식을 하는 아이가 있었다. 그때 나는 일이 너무 바빠서 이틀 연속 야근을 하고 겨우 주말을 맞이한 상황이었지만, 친구 결혼식에 가야 한다는 일념에 몇 시간 자지도 않고 아침 비행기로 지방에 내려갔다.

들러리까지 맡아서 일찍부터 식장에 가서 신부를 졸졸 따라다니고, 피로연장 뒤치다꺼리도 해주고, 신혼여행 가는 거 배웅까지 해주고 나니 저녁 6시가 되었다. 기진맥진 비행기를 타고 집에 돌아왔을 때에는 9시가 훌쩍 넘어 있었다.

왕복 비행기 표에 택시비 등 교통비 지출만 17만 원. 축의금도 10만 원 냈다. 하지만 하나도 아깝지 않았다. 몸은 고단했고 지갑은 홀쭉해졌지만, 그래도 친구가 행복하게 가는 길이 보기 좋았고, 온 마음을 다해 축하해 주었다.

평소 여자들의 우정이 얄팍하다고 비웃던 남자들에게 나는 부르르 화를 내면서 이렇게 말하곤 했었다.

"남자들이 여자들에 대해서 뭘 알길래? 같이 술집 다니고 여자 꼬시는 게 남자들 우정인가?"

여자들은 결혼하면 친구에게 소홀해진다고 하지만, 나는 그래도 우정이 계속된다고 믿었고, 그렇게 지켜갈 자신이 있었다. 결혼한 친구들이 예전보다 나를 찾는 횟수가 줄어들고, 나보다 먼저 남편과 시댁 식구들을 챙길지라도, 나는 섭섭해하지 않을 거라고,

나에겐 그 정도의 넓은 이해심이 있다고, 그렇게 다짐했다.

가끔씩 안부전화를 주고받는 것만으로도 충분히 만족했다. 전화를 통해 그들이 살아가는 모습을 묻고 고민을 들어주고, 아기들이 커가는 모습을 보며 함께 감동했다. 가끔씩은 내가 시간을 내어 그들의 동네로 찾아가서 아기 선물에 저녁까지 사주고 돌아오곤 했었다.

그러다가 나도 결혼을 하게 되었다. 정확히 스물아홉 살이 되던 해였다.

친구들이 다 결혼을 했으니, 정작 나는 야외 촬영 도우미도 들러리도 구할 수가 없었다. 아이들 키우느라 모두 바쁘니, 붙잡고 도움을 청할 수도 없고, 지나친 요구를 하는 시댁 식구들에 대해 하소연을 할 여유는 더욱 없었다.

그래도 결혼식에는 와주겠지. 나는 아무런 의심도 없이 친구들에게 일일이 전화를 하여 결혼식 날짜를 알리고 집으로 청첩장까지 모두 보냈다.

그런데 이게 웬일일까? 꼭 오겠다고 하던 아이들이 결혼 2, 3일 전부터 하나 둘 못 오겠다며 말을 바꾸기 시작하는 것이었다.

갑자기 가족 모두가 해외여행을 가게 된 친구도 있었고, 아이가 열이 나서 집에서 꼼짝을 못한다는 친구도 있었고, 하필이면 그날이 아이 생일이라 못 온다는 친구도 있었다. 그중에서도 지방에서 결혼식을 했던 그 친구는 사는 곳이 예식장 바로 옆 동네인데도 임신 5개월이라서 움직이면 안 된다며 못 온다는 것이었다.

나는 결국 폭발하고 말았다. 임신 5개월이 그렇게 위험한 시기인가? 나는 이틀 야근을 하고서 비행기에 택시까지 타면서 그 친구의 결혼식에 참석했는데, 단지 임신 5개월이란 이유로 결혼식에 올 수 없다니.

나는 섭섭함을 감출 수가 없었다. 너무한 거 아니냐고, 다른 사람은 몰라도 너는 꼭 와줘야 하는 거 아니냐고, 그렇게 따지다보니 5년 전 그녀의 결혼식 이야기까지 나오고 말았다.

"나는 야근하고 잠 한숨 못 자고도 내 돈으로 비행기 표 사서 네 결혼식에 갔었어."

그랬더니 친구 왈, "그렇게 아까웠으면 비행기 값 달라 그러지 그랬어?"

나는 더 이상 할 말이 없어 그냥 전화를 끊었다.

10년 우정이 이렇게 깨지는가 싶었다. 적어도 내가 아는 남자들은 친구의 결혼식에 맞춰 해외여행을 가지도, 아이 생일이라고 친구 결혼식에 불참하지도 않는다. 임신해서 배가 남산만큼 오른 아내를 기어코 결혼식에 데려오는 남자들이 부지기수다.

이것이 여자들의 우정의 한계일까? 너무 섭섭해서 한동안 친구들을 용서하지 못할 것 같았다.

결혼한 지 다섯 달이 조금 넘어가는 지금은, 그래도 그 친구와 안부전화를 주고받기는 한다. 하지만 진심으로 미안하다는 말을 듣지 못해서인지, 그때의 상처는 지금도 아물지 않았다.

언젠가 이런 글을 읽었다.

남자의 우정은 불 같고, 여자의 우정은 물 같다고. 활활 타오르다가도 어느 순간 확 꺼질 수 있는 것이 남자들이 우정이고, 여자의 우정은 커다란 출렁거림은 없을지라도 물의 사랑처럼 서로를 지켜주는 보호의 의미가 더 크다고.

하지만 이러한 물의 사랑도 '기억'이 존재해야만 가능하다. 여자들은 결혼 후 남편과 가족에게만 자신을 맞추면서 예전의 기억을 잃어버리는 것 같다. 우리가 서로에게 얼마나 소중한 존재였는지, 함께 했던 학창 시절, 젊은 시절이 얼마나 아름다웠는지, 그 소중함을 잊어버린다.

내일은 친구 중 한 명이 재혼을 하는 날이다. 서른도 안 됐는데 벌써 두 번째 결혼을 한다니, 많이 걱정이 된다. 과연 내일은 몇 명이나 결혼식에 올까? 또 이런 저런 이유로 못 오겠다는 친구들의 전화를 받고 있을 그녀를 생각하니, 마음이 아프다.

차별 앞에 선다는 것

바늘구멍의 또 다른 의미는, 그것을 통과한 사람이 소수라는 것이다. 이 땅에서 좁디좁은 바늘구멍을 통과한 여자는 소수 중의 소수로 분류된다. 어느 사회에서나 소수는 다수에게 차별을 받게 되어 있다. 세상은 다수 중심으로 굴러가기 때문이다. 하지만 거꾸로 생각해 보자. 세상의 커다란 변화를 만든 주체는 언제나 소수였다.

몇 달 전부터 들려오던 소문이 사실이 되었다. 현 직원의 10%를 감원한다는 것.

정식으로 감원 공고가 나오고 명퇴 신청을 받는다며 로비에 대문짝만한 게시물도 붙었다.

술렁거리는 회사 분위기. 다들 일이 손에 안 잡히는 모양이다. 여직원들은 화장실에서 어디서 주워들은 소문인지 이말 저말 말을 옮기고, 결혼을 앞두고 있는 젊은 여직원은 '어차피 그만둘 생각이었는데 퇴직금이나 두둑이 챙기겠다'며 철없는 소리를 한다. 명퇴는 아무나 시켜주나.

이번 명퇴 신청 대상자는 이렇다. 재직 4년 이상에 계장급 이상.

딱 나 같은 여자 직원을 염두에 둔 조건이다. 경력 있는 여직원으로 연봉도 센 편이고 이미 결혼도 한 여성. 유부녀이니 잘라도 크게 양심에 거리낄 게 없다는 심산인 것 같다.

아니나 다를까. 오후 5시쯤 부장의 호출이다. 회의실에 나를 앉혀두고 조용히 명퇴를 권유하는 것이었다.

"이번에는 조건이 아주 좋아. 기본 퇴직금에 근무 연수를 곱하고 여기에 10% 가산금까지 지급하니까 어림잡아도 8, 9천이 훌쩍 넘을 거야."

나는 일부러 눈 하나 깜짝 하지 않고 튕기었다. 지금은 회사가 너무 좋고 일이 좋아서 그만둘 생각이 전혀 없다고.

부장의 얼굴이 굳어지는 게 보였다. 애초부터 우리 부서 감원 대상으로 나를 점찍어둔 것이 분명했다. 내가 안 나가면 다른 누군가를 내보내야 하는데, 나 이외의 계장 이상 급은 모두 남자이니 그도 곤란할 것이다.

"이계장은 돈 잘 버는 남편도 있는데 왜 그러나? 우리 부서에서 이계장 말고 그만둘 수 있는 사람이 누가 있나? 모두 자식 키우는 가장들 아닌가."

드디어 솔직하게 털어놓는 부장의 마음. 하지만 나도 지지 않고 대꾸했다.

"저도 자식 키우는 사람입니다. 그리고 저도 맞벌이지만 남자 직원들도 맞벌이 많습니다. 똑같은 맞벌이인데 여자는 잘라도 되고 남자는 안 된다는 생각은 이치에 맞지 않습니다."

부장은 답답한 표정으로 고개를 저었다.

"나중에 험하게 쫓겨나지 말고 지금 아름답게 떠나게."

그건 은근한 사퇴 압력이었다.

회의실을 나오는데 다리가 후들거리며 떨렸다. 필요할 때는 싸구려 임금으로 제일 쉽게 부려먹는 대상이 여자들인데, 아쉬울 때는 제일 먼저 포도껍질 벗기듯 내뱉는 대상 또한 여자들이다. 지난 5년 동안 이렇게 쓴물 단물 다 빨아먹고 팽개침 당하는 여자들을 얼마나 많이 보았던가.

3년 전 가장 친했던 경희 선배도 둘째 아이를 낳고 육아휴직도 다 쓰기 전에 퇴사를 당했다. 말로는 명퇴였지만 사실은 강제였다. 선배는 울면서 "나는 이렇게 두 손 들고 나가지만, 너는 끝까지 버텨라. 버티면 절대로 못 내보낸다"고 신신당부를 했었다.

총무부의 관리직이나 경리직 여직원들은 결혼한다는 말만 나와도 잘리는 분위기다.

벌써 나의 경력이 5년. 스물네 살에 대학을 졸업하고 처음 합격한 곳이었다. 학생 때부터 늘 꿈꾸었던 직장인 만큼 열심히 일했다. 남자들 파워가 강한 직장이라 초기에 인정을 받는 데 시간이 많이 걸리긴 했지만, 입사동기들 중에서도 가장 먼저 승진을 했고 연봉도 비교 우위에 있다.

하지만 결혼과 더불어 나에게도 위기가 찾아왔다. 정해진 퇴근 시간도 없이 그저 성실히 일했던 미혼 때와는 달리, 챙겨야 할 집안 경조사도 많고, 이래저래 불려가야 할 곳도 많았으니, 회식이

나 출장도 피하고 '칼퇴근'을 할 수밖에 없었다.

그렇다고 업무에 실수를 하거나 예전보다 능력이 떨어진 건 아니었다. 그저 근무시간 이외에 추가 근무를 안 한다는 것뿐인데도, 나에 대한 상사들의 평가는 하향곡선을 그었다.

게다가 지난 해 임신으로 출산휴가를 3개월 쓰고 돌아왔더니 '거저 놀고먹는 아줌마' 취급이 시작되었다. 열심히 일해서 다시 예전과 같은 평판을 얻는 데에 많은 시간이 걸렸다.

물론 지금 나에게는 회사를 그만둘 생각이 눈곱만치도 없다. 아기 기저귀 값에 분유 값, 매달 80만 원이나 되는 탁아모 사례비 등 들어가는 돈이 한두 푼이 아닌 시점에서 어떻게 회사를 그만두겠는가.

오랜 직장생활로 내 주머니 따로 차는 것이 습관이 된 나에겐 남편 월급 쪼개서 살림하라는 소리가 제일 무섭다. 더구나 남편 월급의 3분의 1은 집 장만 하느라 빚진 은행 돈 갚는 데에 고스란히 들어가는 상황이다.

나중에 우리 아이 키워서 영어학원에도 보내고 바이올린도 가르치려면 맞벌이를 꼭 해야만 한다. 요즘은 돈 없으면 부모 노릇도 제대로 못하는 세상이 아닌가.

8, 9천? 그까짓 돈 금방 써버린다. 철없는 남편은 이 돈으로 장기투자 펀드라도 들어놓으면 아이 교육비는 다 해결되는 거 아니냐고 말하지만, 턱도 없는 소리다. 신문에서는 자녀 1인당 평생 교육비가 1억 원 정도라고 하지만, 엄마들 사이에선 비웃는다. 학원

몇 군데 보내고 해외연수 시키면 1억은 금세 바닥이 날 것이다.

다섯 살 무렵까지 아이 키워놓고 다시 직장 생활하는 것도 방법이라지만, 한 번 회사를 그만두면 지금처럼 번듯한 직장을 잡기가 아줌마들에게는 배로 힘들어진다. 기껏해야 보험설계사나 텔레마케터가 전부다.

여자라는 이유로 5년을 넘게 다니던 직장에서 잘려도 아무 타격이 없을 것이라 착각하는 남자들. 함께 아이를 키우는 데도 여자들에 비해 아무런 조바심이 없는 남자들. 남자들에겐 아이를 낳는 일도 너무 쉽다. 모든 뒤치다꺼리는 여자가 다 하니까. 반면 여자는 아이를 키워야 하고, 가사일도 해야 하고, 그러면서도 직장에서 잘리지 않기 위해 안간힘을 써야 한다.

남자들은 일에만 집중하면 되지만, 여자들은 혹시라도 일하는 엄마 때문에 아이를 잘못 키웠다는 소리를 들을까 아이에게 두 배 세 배 신경을 써야 한다. 때마다 선생님 찾아뵙고 죄인처럼 고개 숙이는 것도 엄마들이다.

남자들에겐 너무나 쉬운 일들이 여자들에겐 늘 왜 이리도 어려운 걸까?

여자가 인정받고 여자가 살기 좋은 사회가 되었다고 하는데, 내가 숨 쉬는 사회에서 여자는 여전히 핍박당하는 약자, 나약한 소수자이다.

사랑하는 남자에 대한 슬픔은
팔꿈치 속의 아픔과 같이 매섭고 짧다.

T.풀러

3

여자의 만개

결혼을 한다는 것은, 이전보다 두 배, 아니 여덟 배 늘어난 관계 속으로 자신을 내던진다는 의미이기도 하다. 처음 접한 낯선 환경 속에서, 시달림 속에서 나는 비명을 질렀다. 예리한 아픔. 그는 아픔에 시달리는 나를 좀처럼 이해하지 못했다. 낯선 사람들과의 어울림을 통해 나는 인생의 꽃을 활짝 피웠다. 그 꽃을 피우면서 봄이 왜 그리 힘들게 오는지 알 수 있었다. 봄은, 마지막 꽃샘추위까지 겪어낸 후에야 쭈뼛거리며 다가와 꽃을 피워내는 것이었다. 엄마가 되고서야 엄마를 이해할 수 있었다. 엄마가 들려주었던 많은 이야기들을 되새김질하면서 세상살이의 지혜를 깨닫기 시작했다. 철이 든다는 뜻은 필시 이런 것일 게다.

나이에 담긴 뜻을 찾아낸다는 것

여자 나이 서른. 여자는 서른에 바람이 난다. 서른이라는 숫자가 몸 속 깊이 숨어 있던 변화 충동을 이끌어내어 새로운 모색에 나서게 한다. 느닷없는 변화가 아니다. 그것은 갈무리되어 있던 에너지가 서른이라는 의미 깊은 숫자에 이끌려 폭발하는 것이다. 변화 충동. 그것을 애써 억누를 필요가 없다.

서른이 되던 해에, 나는 가족들이 모인 자리에서 중대 발표를 했다.

"나 독립할래. 직장 근처에 원룸 하나 얻었어."

식구들은 충격에 빠졌다. 어머니는 가슴을 치며 우시고, 아버지는 그렇게 나가려면 아예 인연을 끊으라며 노발대발하셨다. 오빠는 "저것이 바람났다"면서 몽둥이를 들고 설쳐댔고, 새언니는 그런 오빠를 말리느라 팔이 빠지도록 오빠를 붙잡았다.

나는 그렇게 독립을 했다. 서른 살 생일을 불과 하루 앞두고서였다.

얼마나 꿈꿨던 자유이던가. 이제 못마땅한 듯이 바라보는 아버지의 시선도, 혀를 끌끌 차는 어머니도, 노처녀라 구박하는 오빠와 조카들도 없었다. 아무도 방해하지 않는 나만의 공간에 대자로 누워 있으니 마음이 너무나 평화로웠다. 비록 반지하방이라 좁고 어두웠지만, 나는 세상을 다 얻은 듯 기뻤다.

스물일곱을 넘기면서부터 부모님들은 자나 깨나 내 걱정이셨다.

"저 말만한 것을 빨리 시집보내야 하는데……."

"그러게 말이에요. 성격이라도 고분고분하면 또 모를까. 누가 데려갈지 걱정이 태산이에요."

부모님의 성화에 못 이겨, 나는 계속해서 맞선 자리에 나갔다. 하지만 만나는 남자마다 눈에 차지 않았다. 키가 너무 작아서, 지루하고 말을 잘 못해서, 너무 수다스러워서, 혹은 너무 못생겨서 등등, 이유는 많았다.

어렵게 만든 선 자리를 하나씩 갈아엎을 때마다, 가족들은 저마다 한 마디씩 보태며 한숨을 지었다.

"아가씨, 사람은 한 번 봐서 몰라요. 저도 오빠 만날 때 세 번째까지는 그냥 만난 거였어요. 이 사람 아니라고 생각했는데, 세 번 넘어가니까 사람이 보이더라구요. 그러니까 눈 딱 감고 세 번만 만나보세요."

"이제 새언니까지 날 구박하는 거예요? 빨리 결혼시켜서 치워버려야 속이 시원하겠어요?"

"아니, 아가씨. 제 말은요. 아가씨가 빨리 배필을 만나야 어머님 아버님 시름도 덜고……."

"효도하기 위해 시집가라고요? 아무한테나 시집가면 그게 효도예요? 그러다 이상한 사람 만나면 새언니가 책임질 거예요!"

"참, 아가씨도. 왜 이렇게 예민해요?"

나는 쿵쾅거리며 내 방으로 들어가 방문을 거칠게 닫았다. 걱정해주는 새언니에게 마음과는 달리 왜 있는 대로 짜증을 냈을까. 이런 상황이 너무나 싫었다. 내가 정말 노처녀 히스테리라도 부리는 것 같았다.

결혼……. 나에게 결혼은 때가 되면 인연이 찾아와 자연스럽게 하는 것이었다. 그것이 부모님이 원하는 때, 대부분의 사람들이 결혼하는 연령에서 다소 비껴가더라도 어쩔 수 없는 일이었다.

여자 나이 서른은 이미 여자도 아니라고 하지만, 나에게는 아직도 가슴 저리는 사랑이 그립고, 눈물겨운 러브 스토리 하나를 만들고 싶은 나이다.

주변의 친구들은 선이다 결혼정보회사다 열심히 찾아다니며 인물과 조건으로 남자를 선택하고 쉽게도 결혼에 골인하였지만, 나에게는 사랑이 그렇게 만만할 수 없었다.

지금의 외로움, 기다림, 주위 사람들의 안됐다는 시선, 가족들의 구박까지, 이 모든 것이 단 하나의 인연, 그 인연을 만나기 위한 긴긴 여정이라고, 나는 그렇게 믿었다.

새언니와 다투었던 그날, 나는 독립을 해야겠다고 결심했다. 이것은 부모님에 대한 반발도, 결혼을 하지 않겠다는 반항의 의미도 아니었다.

더 이상 결혼에 얽매여 내 인생을 우울하게 살 수는 없었다. 나에겐 좋은 직업이 있고, 이루고 싶은 꿈이 있었다. 언젠가는 결혼을 하겠지만, 그 이전에 생애 단 한 번밖에 오지 않는 나의 서른 해를 아름답게 보내고 싶었다.

나는 다이어리를 펼치고 첫 장에 나의 서른의 꿈들을 하나씩 써 내려갔다.

혼자서 유럽 여행하기

등산에 도전하기

인라인 스케이트 배우기

요가로 건강한 몸 만들기

고아원 봉사활동 시작하기…….

어느새 나의 꿈 리스트는 열 줄이 훌쩍 넘어갔다. 모두 지금이 아니면 평생 할 수 없는 귀한 꿈들이었다.

독립 6개월째, 이제 혼자 사는 생활도 꽤 익숙해졌다. 아무도 방해하지 않는다는 것은, 나 이외에는 아무도 나를 챙길 사람이 없다는 뜻이기도 하다는 걸 이제는 알게 되었다.

나는 아무렇게나 먹고 대충 청소를 하며 설거지와 빨랫감을 산더미처럼 쌓아두며 살고 있지만, 가끔 대청소를 하고 친구들을 초대하여 맛있는 불고기를 해먹으며, 좋아하는 음악을 요란하게 틀어놓고 한바탕 춤을 추기도 한다.

가끔 엄마가 김치와 마른반찬을 잔뜩 싸들고 불시에 찾아올 때면, 방 안에 어질러진 온갖 잡동사니를 옷장 안으로 밀어 넣느라 정신이 없다.

　엄마는 다신 시집가라고 구박하지 않을 테니 지금이라도 집으로 들어오라고 말씀하신다. 하지만 나는 들어가지 않을 것이다. 나는 지금 누구보다도 아름다운 서른을 보내고 있으니까 말이다.

무한책임 속으로 들어간다는 것

아이는 여자가 낳는다. 아이를 만든 것은 여자 혼자가 아니다. 하지만 여자는 아이를 낳았다는 이유만으로 아이에 대한 무한책임을 떠맡는다. 같이 벌어도 아이는 여자 책임이다. 우는 아이를 달래다가 목이 메어 눈물을 흘린다. 그렇게 흘린 눈물을 먹고 아이는 조금씩 자라난다. 아이는 엄마의 눈물을 먹고 크는 것이다.

오늘따라 딸애는 뭐가 그리 서러운지 하루 종일 꺼이꺼이 울어댄다. 계속 업어달라 안아달라 보채고, 바닥에 내려놓으려고만 하면 목이 터져라 울어대는 두 살배기.

나는 어쩔 줄을 몰라 아이를 어른다. 이마에는 송글송글 땀이 맺히고, 눈에는 눈물까지 글썽거리면서…….

아기는 포대기에 업힌 채 겨우 잠이 들었다. 하지만 내려놓으면 깰 것이 뻔하니, 아이를 업은 채 의자에 엉덩이만 겨우 걸치고 앉아 그제야 땀을 닦았다. 온몸이 천근만근이라 눕고 싶지만, 아이를 업은 채로는 누울 수가 없다.

울고 싶은 마음뿐이다. 하루 종일 아이와 씨름하고, 도와주는 사람은 없고, 몸은 아프고, 어디서부터 어떻게 해결해야 할지 앞이 보이지 않는다. 오늘은 어제와 똑같고, 내일 역시 오늘과 똑같을 것이니…….

결혼 3년차, 육아 스트레스가 이렇게 힘든 것인 줄 나는 뒤늦게야 알게 되었다. 늦은 결혼으로 한 남자의 아내가 되었고 내 아이의 엄마가 되었지만, 정작 나 자신을 잃어버렸다.

거울 속에는 형클어진 머리에 푸석푸석한 피부를 가진, 삶에 찌든 아줌마가 보인다. 짜증이 극도로 치밀면, 남편에게 신경질을 부리고, 아이에게도 버럭 소리를 지른다.

도와주리라 믿었던 남편은, 집에 오기가 무섭게 송장처럼 누워서 꼼짝을 하지 않는다. 쓰레기통에 쓰레기가 넘치고, 주방에 설거지거리가 가득 쌓여 있어도, 식탁에 먹은 음식이 치워지지 않은 채 남아 있어도, 그는 나 몰라라 누워서 TV만 본다. 이리저리 널뛰듯 뛰어다니는 나를 모른 체한다.

"아기 우유 먹여야 하니까 빨래 좀 개주세요."

"아기 씻기는 동안 청소기 좀 돌려주면 안 돼요?"

"아기 똥 쌌나 봐요. 기저귀 좀 갈아줘요."

애타는 내 목소리가 온 집에 메아리쳐 울리지만, 남편의 귀에는 들리지 않는 모양이다.

"당신 정말 너무 심한 거 아니에요? 하루 종일 애 보느라 힘든데, 저녁에는 당신이 좀 도와주면 안 돼요?"

어젯밤, 나는 드디어 참지 못하고 폭발을 했다. 하지만 미안하다고 말할 줄 알았던 남편은 오히려 더 크게 화를 내는 것이었다.

"나는 뭐 밖에서 놀다 오는 줄 알아? 집이라고 쉬러 들어오는데 잠시라도 편하게 내버려두면 안 돼?"

서로의 입장이 팽팽했다. 결국 남편은 화를 내며 방으로 들어가 버리고, 남은 일은 모두 내 차지였다.

여자란 이런 걸까. 이렇게 모든 걸 희생하고 인내해야 하는 걸까? 나는 많은 걸 바라지 않는다. 그저 남편의 이해와 다정한 말 한마디만으로도 충분한데…….

새근새근. 아이의 숨소리가 등을 통해 전달되어왔다. 아이는 자면서도 엄마의 체온을 조금이라도 더 느끼려는 듯 고사리 손으로 나의 등짝을 어루만진다.

'우리 아기. 내가 없으면 먹을 수도 잠을 잘 수도 없는 내 아기.'

눈시울이 뜨거워졌다. 내 아기는 내가 끝까지 지켜줘야지. 엄마가 우는 건 네가 미워서가 아니야. 아빠가 미워서도 아니야. 엄마는 그저 조금 힘들 뿐이란다. 곧 힘을 내서 너를 힘껏 안아줄게.

세상에서 가장 강한 여자가 엄마라는 걸, 나는 이제 조금씩 깨닫고 있는 중이다. 아기를 포대기에 업고 의자에 걸터앉은 채로, 나는 그렇게 한참을, 아주 한참을 가만히 있었다. 저녁노을이 거실을 붉은색으로 물들일 때까지, 어둠이 따뜻하게 나와 아이를 감쌀 때까지, 그렇게 한참을 앉아 있었다.

이윽고 남편이 들어왔다. 불을 켜려는 그를, 나는 "쉿……" 하며 제지했다.

"아기가 방금 잠들었어요. 이렇게 잠시 가만히 있어요."

남편은 가만히 서서 바라보더니, 가방에서 부스럭부스럭하며 뭔가를 꺼냈다.

"뭐예요?"

"응, 당신 좋아하는 비틀즈 CD야. 집에 있으면서 들으라고."

"갑자기 웬 비틀즈?"

내가 묻자 남편은 우물쭈물 말했다.

"있잖아. 육아 스트레스에 시달릴 때는 좋아하는 음악을 듣는 게 도움이 된대. 당신 결혼 전에 비틀즈 무지 좋아했잖아. 그게 생각나서."

그것은 어젯밤 일에 대한 남편의 은근한 사과였다.

"내가 바라는 건 그저 당신의 따뜻한 배려예요. 힘든 일을 나눌 수 있는 마음이에요."

"그래, 알아. 내가 잘못했어."

우리는 이마를 맞대고 그렇게 가만히 앉아 있었다. 순간, 아이가 잠결에 중얼중얼 뭔가를 옹알거렸다. 무슨 말이었을까? 행복하다고, 엄마 아빠가 곁에 있어 너무 좋다고 중얼거린 게 아닐까?

환상과 결별한다는 것

꿈은 신이 인간에게 허락한 가장 큰 축복이다. 꿈을 꿀 수 있고, 그것을 성취할 노력이 있기에 우리는 스스로에게 행복 약속을 할 수 있는 것이다. 나이 서른을 넘은 여자에게는 꿈과 환상을 분별할 수 있는 능력이 생긴다. 타협이라면 타협일 수도 있겠다. 여자는 꿈을 돼지 저금통처럼 깨어가며 삶의 지혜를 발견한다.

"여자 나이 서른둘이면 맛이 간 거죠."

"남자라고 뭐 별 수 있어요?"

눈에서 불꽃이 튀었다. 지금 나는 맞선 장소에서 마주 앉은 남자와 서로 잡아먹을 듯 으르렁거리는 중이다.

오랜만의 맞선. 그런데 여자가 별로 예쁘지도 않고 게다가 서른이 넘었다는 이유로 예의 없이 구는 남자. 정말 재수 없다.

자기는 뭐 젊은 나이인가. 똑같은 서른둘에 배도 나오고 다리도 짤막하면서.

"흥, 숏다리 씨! 당신이랑은 더 이상 볼일이 없네요."

"흥, 저도 댁 같은 노처녀 트럭으로 갖다 줘도 싫습니다."

우리는 동시에 벌떡 일어났다. 나는 계산대에서 정확히 내가 먹은 음료수의 가격만을 계산하고 나왔다. 뒤에서 벌레 씹은 표정을 짓고 있는 그 사람.

운전대를 잡고 한참을 달려도 분이 풀리지 않았다.

똑같은 서른둘인데, 어째서 여자가 밀리는 듯한 기분이 드는 걸까. 서른둘의 그는 당당하기 짝이 없었지만, 서른둘의 나는 어딘가 초라했다. 마음 한 구석의 자격지심을 감추느라 오기를 부리기도 했으니 말이다.

여자 나이 30대는 계란 한 판이라 했던가? 한 판에 30개가 꽂혀 있는 계란의 개수와도 관련이 있겠지만, 잘못 건드렸다간 깨지기 쉽다는 의미로도 해석된다.

갑자기 너무 억울하다는 생각이 들었다. 그저 열심히 살았을 뿐인데, 나이 서른이 넘어서부터 주변의 시선이 달라지기 시작했다. 소개팅을 부탁하거나 맞선을 알아보는 일이 염치없는 일이 되고 말았다. 서른이 넘은 여자를 소개시켜 주었다간 남자 측으로부터 쓴소리를 듣는다는 것이 그 이유였다.

직장에서는 모두들 나를 왕언니 취급한다. 남자들의 시선은 모두 20대 초중반의 꽃다운 여자들에게 향했고, 나는 어느 순간 맹렬여성, 자존심과 독립심이 강한 독신주의자로 둔갑해 있었다.

정처 없이 차를 몰다가 내가 들른 곳은 백화점의 화장품 코너. 기분 전환을 할 겸 화장품을 사기로 마음먹었다.

"손님, 주름 관리 안 하세요? 눈가에 잔주름이 많으시네요."

마치 의사라도 된 양, 하얀 가운을 입은 매장 직원은 새로 나온 주름관리 크림의 효능에 대해 미사여구를 늘어놓았다.

'아직 아이크림이 많이 남아 있는데……. 하지만 뭐, 별로 효과도 없던걸.'

나는 결국 크림을 사고 말았다. 매장 직원이 크림 하나만 바르면 별 효과가 없다며 에센스와 미백제품까지 권하는 통에 빠져나오느라 진땀을 흘려야 했다.

크림을 사는 순간만큼은 기분이 풀리는 듯했지만, 백화점을 빠져나오는 순간부터 후회를 했다.

'이게 다 무슨 소용이야. 아이크림으로 나이를 어떻게 속이겠어. 서른 넘은 여자는 백화점 화장품 코너의 봉일 뿐이야.'

그랬다. 아무리 아이크림을 발라도, 아무리 미백크림으로 떡칠을 해도, 나이는 드러나기 마련이었다. 그것은 내가 살아온 흔적이니까. 열심히 살다보니 자연스레 만들어진 세월의 흔적들을 감추라고 강요하는 현실이 억울할 따름이었다.

'솔직하고 당당한 30대.'

이것은 드라마에서나 볼 수 있는 것일까? 워낙 초라한 30대 여성들이 많은 세상이니, 그들에게 환상이라도 주려는 걸까?

둘러보면, 내 주위에는 아직도 환상에서 못 벗어난 서른 초중반의 여성들이 많이 있다. 연하의 남성을 만나 멋지게 결혼에 골인하겠다는 환상. 열심히 미모를 가꾸면 20대 여자들에게 밀리지 않을 수 있다는 환상. 돈도 많고 외모도 출중한 남자와 결혼할 수 있다는 환상.

나 역시도 그런 환상에 빠진 여성들과 다를 것이 없지 않은가.

집으로 돌아온 나는 아이크림을 곱게 포장한 채로 엄마에게 드렸다.

"엄마, 이 크림 쓰면 잔주름이 사라진대요."

그리고 방으로 들어가 일기장을 펼쳤다. 요 며칠 동안 생각해왔던 '30헌장'을 완성하기 위해서였다.

30헌장.

하나, 나이는 고스란히 먹어야 하는 것. 어려 보이기 위해 애쓰지 말자.

둘, 20대 여성을 질투하거나 샘내지 말자. 이미 20대를 한 번 가져보았는데 샘낼 것이 뭐가 있겠는가. 또한 지금의 20대도 언젠가는 30대가 된다.

셋, 꽃이 되기보다는 나무가 되자. 꽃으로서 주목받는 시절은 이미 끝났다. 이제 나는 나무가 되어 사람들 곁에 서리라. 40대의 지혜에 귀를 기울이면서 20대의 열정과 투정을 아량으로 끌어안으리라. 많은 사람을 만나며 더 푸근하고 넉넉해지리라.

넷, 상식과 교양이 풍부한 여성이 되자. 30대는 껍데기만으로 살아갈 수 없다. 책을 많이 읽고, 새로운 것을 배우며, 나만의 전문분야를 파고드는 열정을 잃지 말자.

다섯, 그래도 여자임을 포기하지 말자. 좋은 음식을 먹고 운동을 생활화하며, 피부와 머리카락을 정성껏 관리하자.

일단 오늘은 여기까지 쓰기로 했다. 앞으로 계속 생각하여 채워 나가야지.

30헌장 5계명. 그것을 나는 가슴으로 끌어안았다. 나의 30대는 지금부터 새롭게 시작될 것이다.

착취 메커니즘에 저항한다는 것

이 세상에서 건망증이 가장 심한 동물이 여자라고 했던가. 첫아이를 낳을 때 '다시는 애를 안 낳겠다'고 이를 갈아 놓고는 다시 임신을 한다. 시어머니 또한 다를 바 없다. 당신도 젊은 시절 시달릴 때 '내가 며느리 보면 절대로……' 다짐해 놓고는 며느리의 공짜 노동력을 착취한다. 이 메커니즘은 언제까지 이어질 것인가.

시어머니에게 전화가 걸려왔다.

"포도밭 손질해야 하니 지금 당장 내려오거라."

나는 꼼짝없이 "예, 어머님" 하고 대답했다. 만삭인데 혼자 시외버스 타고 내려갈 일을 생각하니 끔찍했다. 하지만 시어머님의 부름에 토를 달 수는 없는 일.

그 길로 나는 근교의 시댁 농장에 내려갔다. 부른 배를 낑낑거리며 이틀 동안 꼬박 일을 했다.

그렇게 무리를 하고 올라온 후, 보름 만에 나는 아이를 낳았다. 아들이었다.

산후조리를 한 지 두 달이 조금 못 되었을까. 시어머니에게 또 전화가 걸려왔다.

"포도 따야 하니까 내려오거라."

어쩔 수 없었다. 남편도 그 정도면 잘 쉬었으니 내려가도 충분하지 않느냐고 말했다. 하는 수 없이 아이를 친정에 맡겨놓고 농장으로 내려갔다. 그리고 땡볕 아래서 사흘 동안 포도를 땄다.

몇 달이 지났다. 한창 아이를 보느라 바쁜데, 시어머니가 또 전화를 해오셨다.

"얘야, 나무를 더 심기로 했다. 일이 많으니까 단단히 준비하고 내려오너라. 아기도 보고 싶으니 데려오너라."

이번에도 남편은 도와주지 않았다. 나는 아이를 들쳐 업고 기저귀 가방과 우유 가방을 한 아름 손에 들고 시댁으로 갔다.

시어머니는 내가 일을 하고 있으면 아기가 우는데 왜 일만 하고 있느냐고 꾸지람을 하셨고, 아기를 보고 있으면 왜 일을 하지 않고 노느냐고 했다.

나는 두 배로 바빴다. 아이를 유모차에 실어 포도밭에 데려다놓고, 일을 하는 틈틈이 아이를 보아야 했다. 배고픈 아이에게 분유병을 물리는 것조차도 시어머니 앞에서는 눈치가 보였다.

시댁에는 나이가 꽉 찬 시누이가 있었지만, 농장 일에는 전혀 도움을 주지 않았다. 한 번은 보다 못한 내가 "아가씨도 같이 포도 따러 가요"라고 말했더니, 시어머니가 나서서 말리는 것이었다. "재는 일에는 영 소질이 없어. 불러봤자 걸리적거리만 하니까. 그냥 냅둬라."

그래서 "그럼 아가씨가 우리 아이 좀 봐주실래요?"라고 묻자, 시어머니가 또 나서서 말렸다.

"그냥 둬라. 돌도 안 된 아이를 엄마가 봐야지 누가 보냐."

덩치 좋은 시누이는 하루 종일 집에서 뒹굴며 놀기만 했다. 누구는 포도농장 하는 집에 시집을 와서 때마다 나무 손질하고 포도 따느라 얼굴이 까맣게 그을렸는데, 그 집에서 태어난 딸은 잡티 하나 없는 하얀 얼굴에 안방에서 뒹굴며 얼굴 마사지만 한다.

아이도 한 번 안 봐주고, 새참 한 번 날라주지도 않는 얄미운 시누이. 일을 시키는 시어머니보다 그런 시누이가 더 밉살스러웠다.

일을 마치고 서울로 올라오는 날. 나는 듣지 말아야 할 말을 듣고 말았다. 시어머니와 시누이가 부엌에서 쉬쉬하며 주고받는 말.

"엄마, 올케가 내려와서 돈 벌었네? 일꾼 쓰면 일당 3만 원은 줘야 할 텐데."

"벌긴 뭘. 일이 굼떠서 별 도움도 안 되더라."

"그래도 말대꾸도 안하고 잘 하잖아."

"그럼. 시어머니가 시키는 대로 하지 않으면 어쩔 거야. 며느리가 다 그런 거지. 어쨌든 네 말대로 재 덕분에 3만 원 아꼈다."

가슴이 철렁. 신음 소리가 새어나오려는 걸 얼른 틀어막았다. 그랬구나. 시어머니에게 나는 그저 일당 3만 원을 아껴주는 잡부에 불과했구나.

짐을 싸는데, 눈물이 줄줄 흘러내렸다. 갑자기 친정 부모님이 간절하게 보고 싶었다. 딸의 손에 물 한 방울 묻히지 않고 곱게 키워

시집을 보내셨는데. 그렇게 고이 길러주셨는데 남의 집에 시집을
와 이제 막일꾼 취급을 받고 있다고 생각하니 너무나 서러웠다.

벌써 아이가 세 돌이 넘었지만 그때의 일을 나는 아직도 잊지
못한다. 그해 이후로는 시어머니가 부르셔도 바쁘다는 핑계로 내
려가지 않았다. 대신 인부를 쓰시라고 돈 10만 원을 부쳐드렸다.

남편을 통해 수많은 견제와 압력이 들어왔지만 나는 굽히지 않
았다. 며느리의 노동을 고마워할 줄 모르고 당연시 여기는 시댁
식구들을 단 한 시간도 도와드리기 싫었다. 이후로 나는 못된 며
느리로 낙인이 찍혔다. 그래도 마음은 훨씬 편하다. (그리고 명절에
찾아뵙는 도리는 꼭 지키고 있다.)

철없던 시누이도 결혼을 했다. 더 큰 농장으로 시집간 그녀는
가끔 얼굴을 대할 때마다 일에 찌든 모습이다. 그 하얗던 얼굴이
기미와 잡티로 까맣게 변한 것을 보면, 그녀 역시 며느리가 된 이
상 별 수 없는 여자 인생이라는 생각이 든다.

날이 더워지는 걸 보니 포도 딸 때가 돌아오는 것 같다. 올해는
아이와 함께 시댁 농장에 가볼까. 잡부가 아니라 당당한 며느리로
서. 우리 아이가 포도밭을 신나게 뛰어다니는 모습을 카메라에 담
아야지.

언제나 새출발 한다는 것

'이제 와서 무슨 소용이람.' 이렇게 말하는 것은 스스로의 나태함에 먹이를 주는 핑계일 뿐이다. 핑계는 자기 복제 능력이 뛰어난 말 습관이다. 핑계가 눈덩이처럼 불어나면 마침 내는 자책과 자기연민으로 탈바꿈한다. 희망을 꿈꾸고 그것을 이루기 위해 노력하는 여 자에게는 에너지가 넘친다. 그것이 돋보이는 이유다.

큰아이를 깨워서 유치원에 보내놓고, 네 살 난 작은아이에게 우 유를 물리고 누워 있다 보니 어느새 시청자퀴즈가 나올 시간이 지 나버렸다.

부랴부랴 아이의 고사리 같은 손을 털어내고 TV를 틀었다. 다 행이다. 이제 막 문제가 출제되었다.

오늘의 문제는 '수정란이 착상해서 아이가 만들어지는 곳은 어 디일까요? 1번 자궁, 2번 방광, 3번 난소 중 고르시오'였다.

컴퓨터를 부팅해서 오늘도 작은 상품이라도 당첨되기를 간절히 바라며 정답을 올려놓는다. 그리고 라디오 볼륨을 높여 다른 사람 의 살아가는 이야기를 관음증 환자처럼 엿듣는다. 그저 엿들을 뿐이다. 정신을 쏠 여유가 나에겐 없다.

알레르기성 비염과 아토피로 고생하는 아이들을 위해 오전 시간이 다 가도록 청소기를 돌리고, 스팀 걸레질을 하고, 세탁기를 돌려서 탁탁 소리가 나게 털어서 건조대에 넌다. 이불을 털고, 가습기에 물을 채우고, 한 시간에 한 번씩 환기도 한다.

머리카락이 눈을 찌르는 아이에게 머리핀도 꽂아줘야 하고, 당겨오는 30대 피부를 진정시키기 위해 10분간 화장대 앞에 앉아 피부 나이가 여기서 멈추기를 바라며 이름도 낯선 화장품들을 두드려 바른다.

그리고 지난 8년간 단 하루도 거르지 않은 이 완벽한 오전을 축하하며 커피 한 잔을 마신다.

지난 8년 동안.

하루하루가 그저 다람쥐 쳇바퀴 도는 하루였건만, 그 하루하루가 쌓이다 보니 어느새 육아일기가 네 권에, 살아가는 이야기라는 명목의 일기장도 두 권째다.

아마도 그 여섯 권의 일기장이 아니면 지난 8년의 내 모습은 그 어디에서도 찾을 수가 없을 것이다.

가끔 일기장을 들여다본다. 어제 일도 깜빡해서 실수연발인 나의 30대가 서글퍼질 때면 일기장을 펴는 손끝은 더 많은 기대로 떨려온다.

그래, 나도 한때는 똑똑했었지. 첫애를 낳을 때만 해도 지금처럼 퍼지진 않았는데. 둘째를 낳던 날, '딸아, 너는 커서 엄마처럼 살지 마라'고 써놓았다. 왜 그랬을까? 이럴 줄 알았으면 이유까지 적어놓을걸.

그런데 요즘엔 그나마 일기장을 펼쳐보던 여유마저도 사라져버렸다. 권태기가 온 것일까? 아니면 만사 긍정적이던 내 삶에도 드디어 우울이라는 블랙커피 같고, 늪 같은 그런 친구가 찾아온 것일까?

이 친구가 찾아온 것은 올해 봄 무렵이었다. 느지막이 대학을 간다는 친구의 떨리는 목소리.

'그래 넌 좋겠다. 좋은 신랑 만나서 내 집 마련 걱정, 돈 걱정 안 해도 되고. 게다가 못 이룬 꿈까지 이룰 수 있으니 말이야.'

나는 속으로 한참을 부러워했다. 하지만 서푼도 안 되는 자존심에 감히 축하한다거나, 부럽다는 말은 꺼내지도 않았다.

"너는 사서 고생이다, 이 나이에 무슨 대학이냐? 대학 나와서 뭐 할 건데? 괜히 돈만 쓰지. 그냥 애들이나 잘 키워라. 참 너는 아들 없지? 우리 아들 이번에 유치원 갔잖아."

배알이 틀려 아들을 못 낳아 좌절하고 있는 친구의 아픈 곳을 무딘 나무칼로 도려내듯 일깨워주었다.

친구는 대학생이 되었다. 그리고 연락이 끊겼다. 아니, 전화가 와도 언제나 바쁜 척하며 끊은 건 오히려 먹고 노는 일이 전부인 내 쪽이었다. 그런데 얼마 전 그 친구로부터 오랜만에 전화가 걸려왔다.

"너도 해봐. 사실 돈도 그렇게 많이 안 들고 생각보다 재미있고 좋아. 너무나 하고 싶던 공부라서 그런지 내가 이 나이에도 장학금을 받게 됐다니까. 학교 다닐 때 네가 나보다 공부 잘했잖아. 아마 너는 수석졸업도 가능할걸?"

그 소리에 나는 가슴이 뛰었다. 장학금을 받을 수 있어서도 아니고, 수석졸업을 할 기대가 있어서도 아니다.

너무나 하고 싶던 공부. 나조차도 부정하고 있던 내 마음을 친구가 일깨워 준 것이다.

하루라도 일기장을 손에서 놓은 일이 없다. 하루라도 내 손으로 글을 안 써본 날이 없다. 거실에는 한 달에 몇 권씩 날아오는 월간지들이 읽힐 순서를 기다리며 수북이 쌓여 있고, 책장에는 국도 못 끓여 먹는 책들이 빼곡하게 꽂혀 있다. 어디든 손이 닿는 곳에는 책이 있고, 연필이 있고, 노트가 있었다.

나는 아니라고 부정해 왔는데도 내 습성은 공부를 원하고 있었던 것이다.

그리고 한해 두해 나이 탓을 하면서 그 나이만큼이나 더 깊이 대학을 보내주지 않은 부모님 탓을 하면서 가슴에는 꿈보다 원망이 더 크게 자리해 버렸다. 그런데 배움에 대한 갈망을 받아들이자니 더럭 겁이 났다.

하지만 난 다시 꿈을 꿀 수 있게 되었다. 대학생이 되는 꿈.

그 꿈만으로도 요 며칠 동안 빗자루는 춤을 추고, 스팀청소기의 스팀은 선녀의 날개옷처럼 하늘로 피어오른다.

내년 이맘때쯤이면 나는 1학년의 고충을 토로함과 동시에 2학년이 되는 또 하나의 꿈 바구니를 가슴에 품겠지.

30대는 시속 30킬로로 간다지? 올해 내 속도계는 시속 32킬로미터가 될 것이다. 그리고 그 속력만큼이나 내 꿈을 이루는 속도도 빨라질 것이다.

앞으로 초등학생 하나, 유치원생 하나, 그리고 늙은 대학생 하나를 뒷바라지해야 할 남편은 더 많은 꿈을 포기해야 하겠지만 포기가 아니라 조금 미룬다고 생각해 주기를 바란다.

가슴이 뛴다.

봄바람에도, 잘생긴 남자 앞에서도 뛰지 않던 검부러기 같던 가슴이 배움 앞에서 이리도 요동을 치며 뛴다.

전쟁 기술을 익힌다는 것

여자는 결혼 이후의 전쟁에서 스스로를 단련시킨다. 단련된 여자는 싸움의 포인트를 잘 잡아내고 승기를 거머쥔다. 현명한 여자는 결코 시어머니와 '맞장'을 뜨지 않는다. 시댁 일은 남편을 배후 조종함으로써 의지를 관철시킨다. 친정과의 문제에는 본인이 직접 나선다. 부부간 역할분담이 잘 이뤄지지 않으면 관계가 엉망진창이 되는 경우가 많다.

"넥타이가 비뚤어졌어요."

나는 걷다 말고 멈춰 서서 남편의 넥타이를 바로잡아 주었다. 빳빳하게 서서 바짝 긴장한 남편. 친정에 갈 때마다 그가 늘 짓는 표정이다.

175센티에 70킬로의 몸무게. 결코 작지 않은 체구의 그가 왜 친정에 가는 날이면 이렇게 왜소해 보이는 걸까? 나는 애꿎은 넥타이를 이리저리 돌려보며 초조함을 달랬다. 앞서 걷던 두 아이들이 "엄마 아빠, 할머니 집! 할머니 집!" 하며 빨리 가자고 재촉한다.

시부모님의 따뜻한 배려 덕분에, 명절 오후면 가족과 함께 친정에 간다. 다른 여자들이 들으면 부러워할 일이지만, 친정으로 향하는 내 발걸음은 가볍지 않다.

나에겐 소위 좋은 직장에서 잘나가는 언니와 전문직 여동생이 있다. 나는 이 둘 틈에 끼어 평범하게 자란 둘째딸이다.

언니와 동생은 시집도 잘 갔다. 언니는 스물일곱 무렵부터 열심히 선을 봐서 변호사와 결혼을 했고, 동생은 같은 직장의 전문직 남자와 결혼했다. 엄마는 '사'자 들어간 사위를 두 명이나 보았다며 동네방네 떠들며 자랑을 했다.

반면 내 결혼은 초라했다. 남편은 그저 성실한 성격이다. 직장은 큰 불만 없이 잘 다니는 편인데, 들어가는 회사마다 망하는 바람에 여러 번 자리를 옮겨야 했다. 그 와중에 짧게는 한 달, 길게는 6개월이나 실직 상태였던 적도 있었다.

그래서 나도 3년 전에 동네의 학원 관리직으로 취직을 하여 생활비를 보태고 있다. 은행 빚도 많고 아이들 교육비도 만만치 않아 빠듯하긴 하지만, 그래도 우리 네 식구 입에 풀칠할 수 있고 따뜻하게 잠 잘 수 있는 방이 있으니, 나는 행복하기만 하다.

하지만 엄마가 보기에는 그렇지 않은 모양이다. 첫째와 셋째 사위에게는 끔찍하게 잘하지만, 둘째 사위에게는 늘 찬밥 대우다.

엄마는 형부가 들어오면 얼굴이 환해져서 버선발로 뛰어나가, "아이고, 우리 맏사위 왔나! 오느라 수고 많았지"라고 살갑게도 말하며 반기신다.

제부에게도 마찬가지다. 돈도 잘 벌고 생긴 것도 귀엽다며 품에 안아주기까지 하신다. 저녁 밥상 앞에서도 맛있는 반찬을 연신 형부와 제부 쪽으로 밀어주며 "많이들 들게나. 일하느라 힘들지?" 하고 물으신다.

아무 말도 안 하는 남편이지만, 처갓집에 다녀올 때마다 어깨가 축 처지고 말수가 부쩍 줄어드는 걸 느낄 수 있었다. 그가 받았을 상처를 내가 어떻게 다 헤아릴 수 있겠는가.

'그래, 이번 설에는 그냥 넘어가지 않을 거야. 엄마가 내 남편 무시하면 나도 엄마한테 한바탕 해버릴 거야.'

이렇게 마음을 먹고 있었으니, 그날 저녁이 편할 리가 없었다.

엄마가 차린 식사는 화려했다. 상다리가 휘어질 정도였다.

"김서방, 이것 좀 들어보게."

"박서방, 많이 들게."

엄마는 또 맛난 음식을 두 사위 앞으로 밀어주며 유난을 떠신다. 둘째 사위는 완전히 투명인간 취급을 하신다.

"엄마, 우리 한서방한테는 왜 먹으라고 안 하는 거야?"

순간, 모두들 수저를 든 채로 눈이 동그래져서 나를 쳐다보았다. 엄마는 황당하다는 표정이었다.

"뭐, 뭐?"

"그렇잖아. 김서방 박서방 챙기면서 왜 한서방한테는 먹으라는 말 한 마디도 없는 거야?"

"먹어. 누가 먹지 말래? 한서방이 어린애야? 내가 먹으라고 해야 먹어?"

"누가 그렇대? 엄마 지금까지 둘째 사위한테 따뜻한 말 한 번이라도 해준 적 있어?"

"너, 너, 고생해서 키워났더니 지금 그게 엄마한테 할 말이냐?"

엄마는 얼굴이 시뻘개져서 뒤로 넘어갈 것처럼 흥분하셨다. 언니와 동생은 말이 없고, 형부와 제부는 "장모님, 고정하세요" 하며 엄마를 달랬다. 그때 남편이 일어섰다.

"죄송합니다. 다 제가 못난 탓입니다. 먼저 일어서겠습니다."

그러더니 현관을 나서는 것이었다.

분위기는 엉망이 되었다. 엄마는 드러눕고, 언니와 동생은 엄마에게 사과하라고 하고, 형부와 제부는 밖으로 담배를 피러 나갔다.

순간 그 동안의 서러웠던 마음이 봇물처럼 터져나와 울음을 멈출 수가 없었다. 듣고 있던 언니와 동생도 할 말이 없는지 진정하라며 나를 달랬다. 엄마는 안방에 드러누워 내가 질러대는 소리를 다 들었다.

나는 이렇게 한바탕 집안을 뒤집어놓고 우리 집으로 돌아왔다. 엄마에게는 사과는 물론 인사도 하지 않았다. 앞으로는 명절날 오지 않을 테니 그런 줄 알라는 말까지 하고 말았다.

그렇게 전쟁을 치르고 오니 명절증후군이 온몸을 괴롭혔다. 남들은 시댁에 다녀와서 명절증후군을 앓는다는데, 나는 친정집에서, 그것도 한 시간 만에 병을 얻어왔으니, 신新 명절증후군이라고 부를 만하다.

그리고 한 달이 지났다. 어느 날 저녁 남편이 조금 늦겠다며 전화를 해왔다.

"장모님이 부르셨어."

"뭐, 엄마가?"

"응, 같이 저녁이나 하자고 하시던데."

그날 저녁, 나는 좌불안석이 되어 남편을 기다렸다. 엄마가 남편에게 무슨 일을 저지르고 있을까봐, 그에게 또 상처를 줄까봐 불안하기 짝이 없었다.

그날 남편은 밤 11시가 되어서야 집으로 돌아왔다. 노래를 흥얼거리며 얼굴이 붉게 상기된 모습이 술까지 마신 모양이었다.

"장모님하고 노래방에 갔었어. 장모님 노래 잘 부르시더군."

엄마하고 노래방에 갔다고? 깜짝 놀란 나는 귀를 의심하지 않을 수가 없었다.

"글쎄, 찾아뵈었더니 상다리가 부러지게 음식을 차려놓고 미안하네 한서방, 내가 모자랐네, 우리 둘째 사랑하며 사이좋게 지내줘서 고맙네 하시는 거야. 이거 먹어라 저거 먹어라 하시며 계속 음식을 권하는 통에 심하게 과식했어."

남편은 대충 씻고는 웃는 얼굴로 곯아떨어졌다. 그렇게 괄시를 당하고도 식사 한 끼로 마음이 풀어지다니, 내 남편은 어쩔 수 없는 바보인가 보다.

눈물이 흘렀다. 나도 바본가? 어느새 '내일 아침에 엄마에게 전화해서 미안하다고 말해야지' 라고 생각하고 있으니 말이다.

엄마를 재발견한다는 것

아이를 낳고 돌아본 세상은 이전과 다른 모습으로 보인다. 엄마가 되어보지 못한 사람은 이해할 수 없는 관점을, 아이를 낳은 뒤 갖게 된다. '엄마도 이렇게 힘이 들었을까.' 엄마가 커다란 산처럼 느껴진다. 아이에게 젖을 물리며 스르르 미소를 짓는다. 이것은 철이 들었다는 의미일까.

해마다 가을이면 떠오르는 날짜가 있다. 9월 25일.

가족 누군가의 생일도, 딱히 챙겨야 할 기념일도 아니면서, 9월 25일이 되면 송곳 끝자락이 쿡쿡 가슴을 쑤셔대곤 한다. 한바탕 홍역을 치러낸 후에야 비로소 자유로워지는 그날은 바로 내게서 엄마가 없어진 날이다. 아니 솔직히 말하자면, 없어진 것이 아니라 엄마에게 버림을 받았던 날. 엄마에게 내가 선택받지 못하고 버려진 날이다.

엄마는 9월 25일에 떠났다. 다음 날이 나의 초등학교 4학년 가을 운동회였다. 그때껏 단 한 번도 학교에 찾아와준 적이 없었던 엄마는 처음으로 김밥 재료를 준비하고 간식을 장만해 놓은 후,

올해는 운동회에 참석하겠다고 굳은 약속을 하셨다.

그렇게 냉장고 곳곳에는 김밥 속에 들어갈 갖가지 재료들이 아직 제대로 능력 발휘를 하지도 못한 채 엄마의 손길을 안타깝게 기다리고만 있는데, 홀연히 엄마는 떠나버렸고, 엄마 없는 빈자리에는 운동회에 입고 가려 장만했던 엄마의 꽃무늬 블라우스만이 하늘거리며 나의 속을 태우고 있었다.

엄마가 사라지면서 썰렁하게 비워진 집안 곳곳과 나의 마음은 곧 쑥대밭이 되어버리고 말았다. 엄마는 참으로 많은 말들과 허물들을 벗어놓은 채 그저 몸 하나만 빠져 나갔다. 엄마가 벗어놓은 허물들 위엔 갖가지 말들과 사연들이 조금씩 똬리를 틀고 앉아 있었다.

엄마는 흔히들 말하는 '바람나 남편에 자식까지 버리고 야반도주해 버린 아주 나쁜 여자'였다.

사람들은 왜 엄마가 바람이 날 수밖에 없었는지, 불쌍한 엄마의 속사연에는 귀를 기울이지 않았다. 그들에게 엄마는 그저 어린 자식까지 버리고 갈 만큼 남자에게 환장한 여자였다. 엄마에게서는 남은 인생을 포기하고서라도 얻고 싶은 사랑이었고 운명이었을 텐데, 한 사람 두 사람 건너고 말이 보태어지면서 엄마의 인격과 자존심 따윈 아주 몹쓸 것이 되어버리고 말았다.

그렇다고 내가 엄마를 감쌀 수 있었을까? 아니었다. '하나밖에 없는 자식인 나마저 엄마에게서 등을 돌려버릴 수는 없지 않나'면서 인심을 써서 엄마를 보호하고픈 마음이 나 또한 들지가 않았다. 어린 나이를 핑계 삼아 엄마를 미워하기만 했었으니까.

엄마는 나에게 들키면 안 되는 모습까지 보이고 떠나버렸다. 아버지가 집을 비운 낮 시간, 내가 학교에서 그렇게 일찍 돌아올 거라 생각하지 못한 엄마는, 엄마의 그 대단한 사랑을 우리 가족이 아직은 가족이던, 따뜻한 온기가 여전한 집안에다 들여 놓았다.

나는 우연찮게 그 광경을 보게 되었다. 엄마는 아무렇지도 않은 듯 내게 거짓말로 당시의 상황을 설명했으나, 설령 엄마의 말이 사실이라고 해도 믿고 싶지 않을 지경이었다.

그런 모습의 엄마를 보았기에, 세상 사람들이 엄마에 대해 함부로 말하고 흉을 보아도, 나는 단 한마디의 부정도 할 수가 없었다. 대신 아버지와 할머니에게 내가 본 모습에 대해 끝까지 함구하는 것으로 엄마에 대한 마지막 예의를 지켰을 뿐이다. 만약 아버지가 그 사실을 알게 된다면 엄마는 아버지 주먹 아래에서 결코 벗어날 수 없을 것이라고, 아무튼 엄마는 살려두고 봐야 한다고, 매번 다짐을 하면서 아버지의 다그침 앞에서 당차게 도리질을 하곤 했었다. 난 아무것도 모른다고, 아무것도 본 것이 없다고.

세월이 지나면서 차츰 '엄마 없는 아이'로 적응이 되어가던 무렵이었을 것이다. 엄마가 없어 할머니와 숙모, 고모들 사이에서 눈칫밥을 먹으며 자란 덕분에 나는 사춘기 반항 같은 건 꿈도 꾸지 못했다. 그저 하루 세끼 밥을 먹을 수 있는 것만으로도 다행이었고, 중간에 학교를 포기하지 않아도 되는 일 또한 축복이었다.

더부살이하는 밥값을 하느라 허리가 휘도록 어린 사촌동생들을 업고 동네 곳곳을 누비고 다녀야 했지만, 혼자 생각하고 궁리할 수 있는 시간이 많아져 그렇게 힘들지만은 않았다.

울어대는 아기들에게 지치기도 했다. 그러나 아기가 어린 나의 등에 얼굴을 묻고 잠이 들면, 푹 감겨오는 따뜻함을 느낄 수 있었다. 엄마도 나를 이렇게 업어 키우셨을 것이다. 엄마도 잠든 나의 감촉을 느끼며 가슴이 따뜻해지는 걸 느꼈을 것이다. 그런 날이면 괜시리 엄마가 보고 싶기도 했다.

엄마 없이 자란 내가 당황하지 않도록, 혹은 실수하지 않도록 하늘의 보살핌이 있었던 것인지, 나는 월경을 꽤 늦은 나이에 시작했다. 그 나이에 어울리는 속옷도 같은 반 친구들이 모두 다 시작한 후에야 처음 경험해 볼 수 있었다.

또래들보다 충분히 조숙했고, 엄마 없는 티를 내지 않으려고 일부러 의젓하게 자라기로 작정을 했지만, 이따금 낯설고 두려운 상황이 닥치면 나는 여지없이 그 또래의 아이로 돌아가 애타게 엄마를 부르짖곤 했다. 그 시절은 엄마가 보고 싶었다기보다는 엄마가 많이 필요했던 때였던 것 같다. 서툴고 느리긴 했어도 별다른 실수 없이 나는 스무 살을 맞이했다.

엄마를 다시 만난 것은, 이제 더 이상 엄마가 필요하지 않을 나이가 되고 난 후였다.

엄마가 잘 살았더라면, 나 없이도 잘 살았더라면, 엄마에게 화가 나지 않았을지도 모른다. 억울하고 서러운 마음 같은 건 생기지 않았을지도 모른다.

엄마는 바보처럼 모든 것을 잃고서야 내 앞에 나타났다. 손아귀에 쥔 것이라고는 아무것도 없이 손가락 마디마디 사이로 모래알 빠져나가듯, 그렇게 사랑을 다 흩어버리고서, 엄마도 아니고, 아내도 아니고, 그렇다고 여자도 못되어 내 앞에 나타났다.

뻔뻔스럽고 역겹다고 엄마를 저주했다. 엄마를 다시 만난 이후부터 난 맹렬히 엄마를 미워하기 시작했다.

어떤 이유로든 내 몸에 엄마의 손끝 하나 닿는 것을 허용하지 않았다. 무섭게 아주 무섭게 엄마를 미워하는 일에만 매달려 나의 20대를 다 보내버리고 말았다. 몹쓸 자식이었다.

그러다 내가 변할 수밖에 없었던 건, 결혼을 하고 아이를 낳고부터였다.

첫아이 출산을 앞둔 7월. 더위가 한창 기승을 부릴 때였는데, 예정일이 지나고 한참이 되도록 아이가 세상구경할 생각을 하지 않았다. 첫아이라 늦어지는 것이 당연하다는 주위 어른들의 말씀에 처음 얼마간은 그저 아무 걱정 없이 지내며 아이를 기다렸다.

보름이 지나고 이십여 일이 다가오도록 꿈쩍도 않는 아이를 더는 기다릴 수 없어 유도분만을 하기로 했다.

하지만 엄마가 되어가는 과정은 그동안 상상했던 것만으로는 분명 부족했다. 누가 그랬던가? 하늘이 노래지면 드디어 아이가 태어나는 거라고, 병원 천장에서 별이 몇 번 번쩍번쩍 하면 비로소 엄마가 되는 것이라고.

나는 노란 하늘을 보지도, 별을 보지도 못했다. 그저 죽지 않을 만큼 숨이 붙어 있는 상태에 이르러서야 비로소 엄마가 될 수 있었다. 아이 머리가 너무 커서 얼른 길을 찾아들지 못하여 그토록 나를 기다리게 하였고, 기다리느라 몸이 점점 더 자란 덕분에 나는 죽음의 문턱 직전까지 가서야 엄마가 될 수 있었다.

정신이 돌아왔을 때, 가장 먼저 생각난 사람은 아이도 남편도 아닌 엄마였다. 나 또한 이렇게 낳았을 엄마의 고통이 30여 년이 지나서야 되새김질되었기 때문이다. 낳아주신 것만으로도 더 이상 다른 무엇을 바라면 안 되는 것이라는 생각 또한 들었다.

아이를 낳은 후 조금씩 마음의 빗장이 허물어지는 것을 확연히 느낄 수 있었다.

아이에게 젖을 물렸다. 아이를 내려다보면 다른 누구에게서도 느껴보지 못했던 삶의 소중함, 고마움 같은 느낌이 새록새록 다가온다. 아이가 맹렬하게 젖을 빠느라 턱짓을 하는 것이 신기했다. 단 한 번도 가르쳐 준 적이 없건만, 아이는 그저 본능으로 살기 위해 입에 닿은 것을 빨아 스스로를 자라게 하는 것이다.

아직 채 눈도 떠지지 않는 아이가 마음놓고 입을 벌려 젖을 물 수 있는 건, 배 안에서부터 익히 들어왔던 귀에 익은 엄마의 심장 소리 때문이리라. 아이를 안아 트림을 시킨 후에 안고 누웠노라면 어느새 아이는 스르륵 잠이 들곤 한다. 지난 열 달 동안을 내내 들어 익혔던 심장 소리를 마치 자장가 소리마냥 여기고 아이는 잠이 드는 것이다.

그렇게 세상에 태어나 단 한 사람 믿고 의지하고 살 수 있는 존재가 다름 아닌 엄마인 것이다. 낯선 세상에서 존재감만으로도 삶의 이유가 되는 사람이 엄마인 것이다. 강보에 쌓였던 그 어린 시절부터 걸음마를 하고, 초등학교에 입학을 하여, 그나마 사람 흉내를 낼 수 있을 때까지 보살펴준 그것만으로도 엄마는 자격이 있는 것이 아닐까?

아이가 태어난 이후 늘 마음 안에서는 그런 감정들이 몸부림을 치고 있었다. 이제 그만 엄마에게 손을 내밀어 보라고.

아마 내가 여자가 아니었다면, 결혼을 하고 아이를 낳아 엄마가 되어보지 못했더라면, 영영 엄마를 용서할 수 없었을지도 모른다. 단 한 번도 엄마의 아픈 속을 들여다볼 엄두를 내지 않았을지도 모른다.

내가 엄마의 딸이라 참으로 다행이다. 여자이기 때문에, 엄마의 딸이기 때문에, 엄마를 이해할 수 있으니 말이다. 그토록 싫어했던 엄마인데, 그토록 닮고 싶지 않았던 엄마인데……. 아! 나도 엄마도 어쩔 수 없는 여자였구나.

올해 9월 25일은 마냥 슬퍼하지만은 않아도 될 것 같다.

모시고 산다는 것

괜한 기대를 버리는 것이 낫겠다. 시어머니는 시어머니일 뿐이다. 시어머니가 친정어머니가 될 수는 없다. 기대의 스펙트럼을 좁히면 의외로 보람을 느낄 때가 많다. 적어도 '엄마처럼'이라는 수사修辭에 도취했다가 풍선이 터지는 충격은 받지 않을 수 있다. 결혼한 여자의 행복 가운데 상당 부분은, 시어머니와 맞물려 있다.

추석 때의 일이다.

나는 전업주부이고 시부모님을 모시고 살고 있다. 반면 시동생네는 맞벌이를 하며 분가를 해서 따로 살고 있다.

대한민국 경제는 혼자 다 책임지고 있는지, 동서는 명절 때만 되면 회사 일로 바쁘다. 이번 추석 전날에도 늦게까지 야근을 해야 한단다. 어쩔 수 없이 추석 음식 준비는 시어머니와 나, 둘이서만 해야 했다.

동서가 시집오기 전까지는 그럴 수밖에 없다고 생각했지만 아랫동서가 생겼는데도 달라지는 게 없다는 건 아무리 생각해도 심한 것 같다.

동서 내외는 예상대로였다. 어머니와 이틀간에 걸친 준비를 끝낼 무렵에야 도착했다.

동서 부부가 거실에 들어서자 나는 인사를 할 요량으로 일어나려 했다. 하지만 한참을 쪼그리고 앉아 전을 부치다보니 다리에 힘이 빠진 것인지 중심을 잃고 쓰러지고야 말았다.

아뿔싸.

손을 짚는다는 게 하필이면 프라이팬. 오른손을 뜨거운 프라이팬에 데고야 말았다. 민망하고 창피한 감정은 잠깐. 갑자기 내 처지가 처량하게 느껴져 나도 모르게 울음을 터뜨렸다. 나는 동서 내외가 보는 앞에서 어린애처럼 울었다.

'나도 시집오기 전까지는 부모님께 사랑받고 자란 귀한 딸인데 왜 나만 이렇게 고생하며 살아야 하는 거지?'

동서의 잘 차려 입은 정장을 보니까 가슴 한 곳에 구멍이 뚫린 것 같았다. 동서는 저렇게 대접받으면서 예쁘게 사는데, 앞치마 두르고 부엌에서 벗어나지 못하는 내 신세는 무엇이란 말인가. 일 때문에 늦게까지 회사에 있다가 허둥지둥 달려온 동서가 미워서 그런 것은 결코 아니었다. 다만 내 처지가 한심하고 기가 막혔을 뿐이다.

남편은 급히 구급약상자를 가져다 치료를 한 다음에 나를 다독이며 방으로 데리고 들어갔다.

방에서 훌쩍대고 있는데 똑똑, 문 두드리는 소리가 나더니 시어머니께서 들어오셨다. 시어머니의 손에는 쟁반에 받힌 커피잔이

들려 있었다.

　어머님은 화상을 입은 내 손을 끌어다 입으로 호호 부시더니 말씀하셨다.

　"괜찮니? 나도 깜짝 놀랐다. 혼자 준비하느라고 너무 힘들었지? 나머지는 막내랑 나랑 할 테니까 너는 이 커피 마시고 쉬도록 해라. 에구, 우리 집 기둥을 너무 부려먹었어. 미안하다."

　어머니는 동서와 함께 마무리를 하셨다.

　시어머니께서 타다 주신 커피, 정말 맛있었다. 그런데 그 커피 맛은 내가 시집오기 전에 친정 어머니가 타주시던 커피 맛과 똑같았다. 사랑으로 탄 커피라서 그렇게 같은 맛을 내는 것일까.

　커피를 한 모금 한 모금 마시며 생각했다.

　'그래! 나는 우리 집 기둥인데. 괜히 못나게시리 좁은 마음에 서운해 했어.'

　그 후로도 나는 종종 시어머니께 커피를 타달라고 한다. 며느리를 데리고 시장에 가서도 서슴없이 딸이라고 말씀하는 우리 시어머니. 어머님이 타주시는 커피는 커피와 크림, 설탕 외에 사랑까지 녹아들어 더 감미롭다.

희망에 집착한다는 것

30대 여자들 가운데 절반 이상이 욕구불만이라고 한다. 그런데 그들 중 대다수는 시도도 해보지 않은 채 불만만 쌓아가고 있다. 현실 여건은 그다지 큰 장애물이 아니다. 일단 첫 발을 들여놓고 보면 장애물이 별 게 아니란 것을 알게 된다. 일단 시작해 보자. 그런 다음 뭐가 문제인지 생각해 보자.

요즘 새벽잠을 설치는 날이 많다. 유난히 잠이 많아 남편이 인정한 공식 '잠보'이지만, 박지성, 이영표 선수의 경기를 놓치는 법이 없다. 그들의 멋진 플레이를 보고 있노라면 마치 내가 운동장을 누비는 것 같은 짜릿한 희열을 느낄 수 있다. 더불어 내가 1년 전부터 나가고 있는 여성축구교실에서 어떤 플레이를 펼칠까 머릿속에 그려보기도 한다.

나는 어려서부터 남들보다 발이 빨랐다. 운동회가 열리는 날이면 어김없이 친구들의 부러움을 한 몸에 받았다. 고학년이 되어서는 학교 대표로 육상대회에 나갔고, 거기서도 두각을 나타냈다.

뛰는 것 자체가 즐거움이었다. 수업이 끝나기 무섭게 학교 운동장에 혼자 남아 무조건 달렸다. 꿈을 묻는 질문에 대한 나의 대답은 오로지 '대한민국 국가대표 육상선수가 되는 것'이었다.

그러기 위해선 전문적인 코치 밑에서 체계적인 훈련을 받아야 했다. 내가 다닌 학교에선 가끔 특활선생님이나 담임선생님이 방과 후 연습을 도와주셨는데, 아무래도 전문성이 부족했다. 나는 중학교만큼은 나의 꿈을 뒷받침해 줄 수 있는 곳으로 가고 싶었다.

그러나 부모님은 체육 중학교에 보내달라는 나의 바람을 들어주지 않으셨다. 집안 형편도 어려웠지만 부모님의 고루한 생각도 큰 장애가 되었다. 늘 "여자애가 하면 얼마나 한다고……"라고 말씀하셨다.

나는 그렇게 부모님에게 첫 번째 좌절을 느꼈다. 그렇다고 쉽게 포기할 내가 아니었다. 어쩔 수 없이 일반 중학교에 진학해서는 보란 듯이 더 열심히 연습을 했다. 방과 후 연습에 매달리다 보면 저녁 무렵이 되서야 집에 돌아왔다. 격려보다는 심한 꾸중을 하시는 아버지께 서운하기도 했지만, 꿋꿋하게 꿈을 향해 달렸다.

마침내 중학교 1학년 가을 학기에는 도 대표로 발탁되었다. 그러나 안타깝게도 상비군 실력밖에는 되지 않았다. 전국대회에 나가 다른 시도 대표선수들과 승부를 다투는 선수들을 보면서 이를 악물었다.

'내년엔 내가 반드시 저 자리에 서리라.'

그러나 나의 꿈은 거기서 접어야 했다. 그 해 동절기 훈련을 하다 발목을 접질렀고, 인대가 늘어나 봄까지 완쾌되지 못했다. 1년

중 가장 중요한 겨울 훈련을 받지 못하다 보니, 나아져도 시원찮을 기록이 오히려 뒤로 처졌고, 키가 자라지 않아 신체적인 조건도 육상과는 점점 멀어져갔다. 설상가상으로 새로 부임하신 체육 선생님은 육상과 전혀 관련이 없는 분이었다. 눈물을 머금고 운동을 그만둬야 했다. 당시에는 내 인생은 거기서 끝났다고 생각했다. 학교 가는 게 싫었고, 수업시간엔 딴생각만 했다.

좌절과 방황은 1년 여 계속되었다. 3학년 담임선생님을 만나기 전까지 말이다. 학년이 올라가 만난 담임선생님은 체육 선생님이었다. 선생님은 학기 초 어느 날, 겉돌기만 하는 나를 부르시더니 이런 말씀을 해주셨다.

"네가 진정 운동을 좋아한다면, 선수가 아니라 지도자 길을 가는 건 어떻겠니? 지금부터라도 체육대학을 목표로 열심히 공부하는 거야. 넌 충분히 할 수 있어."

뒤처졌던 학업 성적을 생각하면 우스운 이야기였지만, 결코 선생님의 말씀이 허황되게 들리지 않았다. 나에게 그런 말씀을 해주신 선생님이 너무도 고마워 눈물이 날 지경이었다.

그날부터 나는 학업에 매진했다. 코피 쏟으며 공부를 하니, 금방 따라잡아 여고에 진학할 때는 입학 수석을 차지했다. 내가 생각해도 놀라운 일이었다. 고등학교 3년 내내 상위권에서 벗어나지 않았고 그러다보니 부모님은 은근히 기대가 크신 모양이었다.

마침내 대입의 문턱이 다가왔다. 나는 당연히 체육대학 원서를 사왔다. 부모님이 말리셨지만, 나는 포기하지 않았다. 그러자 열

살 많은 큰오빠가 학교로 찾아왔다.

"여자애가 체육대학 나와서 뭐하나?"

큰오빠는 체대 갈 거면 아예 대학을 가지 말라고 으름장을 놓았다. 나도 같이 맞불을 놓았다. 체대 아니면 대학 안 가겠다고 버틴 것이다. 원서접수 마감일이 다 되도록 오빠와 나는 조금도 물러서지 않았다. 거기서 한발만 더 버텼더라면. 그랬다면 나의 인생이 지금과는 판이하게 달라졌을지도 모른다.

나는 고집스런 오빠에게 두 번째 좌절을 느끼며 포기하다시피 원서를 냈다. 전혀 원하지 않는 학과였다.

의미도 없고 보람도 없는 대학생활을 대충 보내고, 또 별다른 고민 없이 흘러가는 대로 사회생활을 몇 년 하다가 지금의 남편을 만나 결혼을 했다. 돌이켜보면 조금은 특별했던 꿈을 가졌던 내가 어이없이 무너져 살았던 시기이다.

그러던 어느 날이었다. 둘째 아이를 낳고 백일이 지날 무렵이었다. 퇴근하는 남편 손에 들려 있던 구청신문에 난 광고를 보았다.

'여성축구교실 회원모집.'

2002년 온 나라를 뒤덮었던 월드컵 열기에 힘입어 당시 여러 곳에 여성축구교실이 생겨났고 우리 동네도 마찬가지였던 것이다. 하지만 3년 여가 지나도록 그 사실을 까맣게 몰랐었다.

우연히 눈에 띈 광고를 보고 나는 축구를 시작했다. 말리는 남편에겐 좀 미안했지만, 당시에는 축구를 시작하지 않으면 안 될 것 같은 절박함이 느껴졌다.

정식으로 축구를 배우는 것은 난생 처음이었지만, 굉장히 친근하게 느껴졌다. 고3 이후 20여년 가깝게 운동이라는 단어와 멀어져 살면서도 내 몸은 어렸을 때의 꿈을 포기하지 않았던 것 같다.

비록 정식 운동선수도 아니고 지도자도 아닌, 취미생활로 즐기는 축구지만 무척 재미있다. 아이 둘 낳은 아줌마가 어설프게 공을 차는 수준이지만, 배울수록 재미있다. 이따금 TV에서나 본 전 국가대표 축구선수와 어울려 공을 차다보면 마음이 설레기만 한다. 마치 내가 10대 소녀로 돌아간 것 같다.

전에는 여자라는 이유만으로 꿈을 묻고 살아야 했던 세월이 안타깝기만 했었다. 내가 선택해 여자로 태어난 것도 아닌데 왜 이렇게 살아야 하는 것일까 하는 생각도 했다.

하지만 축구를 시작한 뒤로는 그런 마음도 많이 누그러졌다. 더 일찍 축구를 시작하지 못한 게 아쉬울 뿐이다.

이제 그런 안타까움이나 아쉬움을 곱씹을 겨를이 없다. 부지런히 연습해서 우리 팀의 간판 스트라이커가 되어야겠다는 꿈이 생겼기 때문이다. 더불어 키워가고 있는 또 하나의 꿈이 있다. 그것은 바로 축구심판 자격증에 도전하는 것이다.

아직까지 대한민국 여자라는 단어 앞에는 수많은 어려움과 난관이 놓여 있다. 그러나 결코 포기하지 않고 살아갈 것이다. 모든 것을 이겨내기가 쉽진 않겠지만 하나하나 조금씩 이겨내다 보면 언젠가 꿈은 이루어질 것이다.

먼 길을 돌아 찾아낸다는 것

다수의 여자들은 행복을 찾는 데 남다른 재주가 있다. 일상이라는 모래밭에서도 황금 같은 행복을 골라내는 안목을 가지고 있다. 그러나 때로는 행복을 찾아내기 위해 먼 길을 돌아가야 할 때가 있다. 황금 같은 인내가 필요하다. 어떤 여자들은 먼 길을 돌아온 과정 속에서도 끔찍하게 행복했다고 말한다.

정신이 하나도 없었지만 어디론가 실려 가는 게 분명했다. 링거병이 흔들릴 때마다 가슴속에서 벌레가 올라올 듯 메슥거렸다. 나는 다시 정신을 잃고 말았다.

시간이 얼마나 흘렀는지 모른다. 눈물 콧물 범벅이 되어 있는 남편의 얼굴이 보였다.

"으— 으— 으."

목이 찢어질 듯 아파 도무지 입을 열 수가 없어서, 나는 신음만 토해냈다.

"정신이 들어? 고맙다. 눈을 떠줘서 고맙다."

남편은 내 볼을 만지다가 소리 높여 울부짖었다. 부서질 듯한 통증이 밀려왔다. 쇳덩이로 눌러대는 듯한 그 통증은 가슴팍을 비롯해 왼쪽 어깨와 왼쪽 다리를 집중적으로 쥐어뜯고 있었다.

"내가 왜 여기 있어요?"

"차에 부딪혔어. 그래도 하늘이 도왔대. 죽을 뻔했어."

남편은 눈물을 흘리면서 설명해 주었다.

교통사고? 그러면…….

흔들리는 침대에 누워 링거 병을 바라봤던 것도 응급실로 실려 가는 도중이었던가? 나는 욱신거리는 머리를 가만히 만져봤다. 풍선처럼 부풀어 있는 머리는 아마도 떨어지는 충격으로 인한 것인가 보다. 전치 8주라는 진단을 받고 그렇게 병원신세를 지게 되었다.

신혼생활 9개월에 빚어진 어처구니없는 교통사고였다. 시어머니는 혀를 끌끌 차셨다. 그러더니 남편에게 하시는 말씀.

"쯧쯧쯧―, 내 그럴 줄 알았다. 결혼을 한답시고 우겨댈 적부터 내가 알아봤어. 그래. 뱃속의 애기까지 잃고 다리몽둥이 부러지고. 뭐? 늑골도 나갔다면서? 퇴원해도 절름발이 된다는데 넌 병신같이 뭐가 좋다고 그러냐? 이 속도 없는 것아!"

어머니는 감정이 격해지셨는지 남편의 등짝을 후려치며 통곡을 하셨다.

'뭐라고? 애가 죽었다고?'

다른 얘기는 들리지도 않았다. 하늘이 무너지는 것만 같았다.

뱃속에서 쿵쾅쿵쾅 발길질을 하던 그 어린것이 영문도 모른 채 세상에 나와보지도 못하고 가버렸다고? 나는 다시 정신을 잃었다.

의식이 돌아왔을 때, 나는 침대에서 훌쩍 일어나 창 밖으로 뛰어내리고 싶었다. 그냥 혀라도 깨물고 죽고 싶었다.

하지만 그렇게 할 수가 없었다. 병상 옆에 쪼그려 앉아 조는 남편의 얼굴을 보니 차마 그렇게 할 수가 없었다. 내가 떠나면 저 사람은 어떻게 살아간단 말인가.

눈물을 꺽꺽 삼키면서 밥을 먹고 약을 먹었다. 재활훈련을 받으며 두 발로 서기 위해 애를 썼다.

살아남고 싶었다. 시어머니의 차가운 시선을 따뜻하게 바꿔, 나도 사랑이라는 것을 받아보고 싶었다. 언젠가는 그날이 올 것이다. 시어머니가 내게 말씀해 주실 필요도 없다. 나 같은 사람과 결혼한 아들에게 이렇게만 말씀해 주시면 된다.

"미안하다. 네가 옳았구나. 결혼 반대한 내가 잘못했다."

나는 이를 악물고 고통을 참으며 재활훈련을 받았다.

하지만 인생은 말처럼 녹록한 게 아니었다. 재활은 쉽게 이루어지지 않았고 갈수록 다리의 통증은 심해져만 갔다. 의사선생님도 이런 일은 극히 드물다면서 입을 다물 뿐이었다.

하늘을 원망했다. 내가 무슨 잘못을 저질렀기에 내 일생을 불행으로 치닫게 하는가. 타고난 운명이 이 모양이라면 청산하고 새롭게 개척할 수 있는 기회 정도는 줘야 하는 것 아닌가.

원망만 하고 있을 여유가 내게는 없었다. 그렇게 하소연만 하고 싶지도 않았다. 나는 비가 와도 눈이 몰아쳐도 등산을 했다. 절룩거리는 다리는 미끄러운 산행 길에 거치적거리기만 했다. 하지만 누가 이기나 두고 보자는 마음으로 산을 오르고 또 올랐다.

꼬박 3년을 지속한 산행.

나는 태기로 인해 입덧을 할 수 있음에 박수를 치며 감사했다. 딸이어도 좋고 아들이어도 좋았다. 그저 건강한 아이를 출산한다면 그 이상 바랄 게 없다는 마음으로 운동을 게을리하지 않았다.

그러나 호사다마라던가. 남편은 IMF로 인한 권고사직을 당하게 되었고, 우리는 거리에 나앉을 판이었다.

나는 오뚝이처럼 다시 일어날 수 있다고 말했다. 붕어빵 장수. 남의 일로만 알았던 것이지만 할 수 있다는 용기가 생겼다. 서툴게 붕어빵을 찍어댔다. 간단할 줄 알았는데 그 일도 순조롭지 않았다. 포장마차가 엎어지고 붕어빵은 사방팔방으로 튀었다. 거머리처럼 달려드는 조직폭력배들은 우리 부부가 먹고 살도록 돕질 않았다. 다른 곳으로 옮겨 팔아도 마찬가지였다.

어쩔 수 없이 다른 길을 모색했다. 어렵게 돈을 얻어 용달차 한 대를 샀고 우리 부부는 같이 다니면서 장사를 했다. 그러다보니 제법 돈이 모였다. 남을 웃게 하는 장사가 돈을 벌어준다고, 우리 부부는 어묵 국물에 찬밥을 말아 먹으면서도 좋았다.

뱃속에서 발길질을 해대는 아이를 생각하면 못할 게 없다고 생각했다. 허기가 지면 호떡도 집어 먹었고 떡볶이도 먹었다. 가끔씩 옆 포장마차에서 팔다 남은 과일을 건네줄 때에는 정신없이 먹었다. 아기를 위한 영양분이 될 만한 것은 마다하지 않고 먹었다.

그렇게 아낀 돈을 차곡차곡 2년간 쌓았더니 놀랄 만한 금액이 모였다. 1800만 원. 남편이 샐러리맨으로 회사에 다닐 때에도 생각할 수 없었던 금액이었다.

감사했다.

아들이 태어나면서 어머니의 노여움은 눈 녹듯 사라졌다. 그리고 작은 방이나마 우리 가족이 쉴 수 있는 전셋집이 생겼다. 이제 어머니의 눈길은 따뜻하기만 했다.

"너 같은 보배를 미워했으니 내가 천벌 받을 거다. 용서해라."

굵은 눈물을 뚝뚝 떨어뜨리며 내 손을 쓰다듬는 어머니. 그동안의 고생은 고생이 아니었다. 행복으로 달려오는 과정이었을 뿐이다. 어머니의 사랑을 받으니 세상의 그 어느 것도 부럽지 않았다.

인정받는 것만큼 사람을 성장시키는 영양제가 없는 모양이다. 나는 이제 시련을 두려워하지 않게 되었다. 시련 앞에서 마음을 모으고 노력을 하면 시련이라는 놈이 꽁지 빠지게 도망친다는 것을 깨닫게 되었다.

오늘도 우리 부부는 용달차에 몸을 싣고 나선다. 아이는 어머니가 잘 챙겨주어 성적도 좋고 친구들 사이에서도 인기가 좋다. 어머니와 아이가 집 밖까지 따라나와 손을 흔든다. 이런 게 바로 행복이 아닐까. 절룩거리는 다리가 창피하지 않다. 운전대를 잡은 남편이 장난을 걸어온다. 우리는 히히덕거리며 장사할 곳으로 향한다.

나는 정말 행복하다.

4

여자의 행복

행복은 내가 찾아내는 것이다. 내가 마음만 먹으면, 그의 호주머니 속에서도 씽크대 구석에서도 충분히 찾아낼 수 있는 것이었다. 이런 요령을 발견하는데 40년이나 허송세월을 하다니……. 딸애에게 내가 찾아낸 '행복의 비결'을 일러주지만, 아이는 '그럴 리가 없다'면서 고개를 흔든다. 저 아이도 앞으로 숱한 세월을 헤매게 될 것이다. 내가 멀리 돌아서 다시 이곳에 이른 것처럼, 똑같은 인생을 되풀이할 것이다. 모든 딸들은 엄마의 인생을 답습한다. 아이가 보고 배울 수 있도록 지금, 최대한 행복해야겠다. 행복을 접하지 못한 아이들은 최대한 멀리 가는 데만 온 신경을 쏟는다. 내 딸이 그렇게 될까봐 두렵다.

행복의 문 하나가 닫히면 다른 문들이 열린다.
그러나 우리는 대개 닫힌 문들을 멍하니 바라보다가
우리를 향해 열린 문을 보지 못한다.
헬렌 켈러

거울을 재해석한다는 것

여자는 꾸미기 위해서만 거울을 보는 것이 아니다. 삶이 힘겹고 슬플 때에도 거울 속에 비친 자신의 모습을 들여다본다. 가만히 거울을 살펴보면 아름답게 가꿔온 얼굴이 세월과 함께 마주 서 있는 것을 발견한다. 지나온 길은 필시 행복일 것이다.

"얼굴이 그게 뭐냐? 무슨 화장이 그래?"

오랜만에 하는 남편과의 외출은 꽤나 부담스러웠다. 준비만으로 두 시간 가까이 걸렸으니 내가 얼마나 신경을 쓰고 있는지 누구보다 남편이 잘 알 것이다. 옷장을 있는대로 뒤지고, 거울 앞에서 눈썹이며 입술을 몇 번이나 그리고 지우기를 반복하면서 단장에 열을 올렸다. 화장으로 나이를 조금이라도 숨길 수 있기를 바라는 간절한 마음에서였다.

그러나 오랜 치장에도 불구하고 남편의 냉정하고 날카로운 면박은 여지없이 날아들었다. 사실, 오늘의 세심한 치장은 부부동반 모임에서 남편의 위신을 세워주고 싶다는 일념으로 시작된 것이었기에 남편의 면박은 더욱 아픈 비수가 되어 가슴에 꽂혔다.

"이상해? 입술을 너무 빨갛게 발랐나?"

어색한 화장에 대한 부끄러움과 함께, 예쁘다는 칭찬은커녕 지청구만 늘어놓는 남편에 대한 미움이 범벅 되어 화장할 때의 들떴던 마음은 순식간에 어딘가로 사라져버렸다.

이렇게 무거운 마음으로 외출을 하기는 싫었다. 나는 '원래 무뚝뚝한 사람이니까 저렇게 말하는 걸 거야'라며 자신을 다독였다.

남편보다 두 살이 많은 나는 연하의 남편 옆에 서면 늘 주눅이 들었다. "남편이 젊어서 참 좋겠어요"라는 시샘과 비아냥거림이 섞인 주위 여자들의 애매모호한 말을 수없이 들어왔던 터였기에 외모에 둔감해질 수가 없었다. 하지만 주눅 들고 민감했던 감정도 아이를 낳고 기르면서 조금씩 희석되어 갔다.

아이 돌보기에 매달려 남편은 늘 뒷전이었고, 더 뒷전으로 밀어놓은 것은 다름 아닌 나 자신이었다. 그렇게 아이에게 희생을 한 나였기에 머리를 감지 않아도, 옷에 김치 국물을 묻힌 채 잠자리에 들어도, 외출할 때 화장을 하지 않아도, 남편이 다 이해하리라 믿었다. 아니, 당연히 받아들여야 한다고 생각했다.

'내가 남편과 애를 위해서 얼마나 애썼는데 그 정도는 이해해야지'라고 생각했으니까 말이다.

하지만, 시댁에 들렀던 어느 날. 거울 앞에 앉은 어머니를 바라보면서 여자의 모습이 어떤 것인지, 여자이기에 누릴 수 있는 행복이 어떤 것인지, 내 안에 있던 '여자'는 어디로 가버린 것인지

새삼 자문해 보지 않을 수 없었다.

새벽에 일어나 어머니가 제일 먼저 하는 일은 머리맡에 놓아둔 두건을 머리에 두르는 일이었다. 그리고 두건 위로 몇 개의 모자를 써 보고는 제일 잘 어울린다고 생각되는 모자를 쓴다.

매일 새벽 반복되는 일상이라고 했다. 두건을 두르는 일은 쉽지가 않다. 하지만 어머니는 신중하고 섬세하게 주름 하나 없이 곱게 묶는다. 아주 오랫동안 연습을 해본 사람처럼 말이다. 두건 하나만으로도 머리는 충분히 감춰지고 세련돼 보이기까지 하는데도 어머니는 만족하지 못한다. 그 위로 고운 색깔의 모자를 쓴다. 모자 아래로 보이는 얼굴은 나이를 짐작키 어렵다. 누가 보더라도 모자의 역할은 장식용이며 예쁜 액세서리라고밖에는 생각되지 않을 성싶었다. 하지만, 그 속에 감춰진 것은 어머니가 잃어버렸다고 여기는 '여자'로서의 모습임을 누가 짐작할 수 있겠는가.

얼마 전, 어머니는 몸 안에서 상상도 못했던 큰 병이 자라고 있음을 발견했고 그 병을 털어내기 위해 대수술을 받았다. 하지만 수술은 시작에 불과했고 그 이후로 수술보다 더 힘든 치료를 받아야 했다. 그러나 어머니는 꿋꿋한 모습으로 그 과정들을 이겨냈다.

하지만, 강하게 이겨내던 어머니도 치료의 후유증으로 머리카락이 빠지기 시작했을 때는 그 자리에 철퍼덕 주저앉아 오래도록 참아왔던 눈물을 한꺼번에 쏟아내었다. 환자로서 병마와 싸워오던 어머니가 한 사람의 여자가 되어 병마 앞에 서는 순간이었다.

그때 어머니는 내게 말했다.

"난 애기 낳는 게 어떤 아픔인지 몰라. 근데 아마도 지금 내가 겪는 고통이 꼭 그만큼이 아닌가 싶어. 어쩌면 애를 안 낳아봐서 이런 병이 생긴 건지도 모르지."

어머니에게 찾아온 병은 유방암이었다. 한 번도 제 아이에게 젖을 물려보지 못한 유방의 한쪽을 도려내면서, 자신이 더 이상 어머니도 여자도 아닌, 그저 몸뚱이에 지나지 않는 듯하다며 한숨을 토해냈다.

젊어서는 남편이 뱃사람이라 하늘을 볼 날이 없어 별을 따지 못했노라고, 농담 삼아 며느리인 나에게 이야기해 주었다. 그런데 남편이 다른 하늘에서 별을 따왔다고 했다. 그때는 남편은 하늘이요 아내는 땅이라는 만고의 진리가 통하던 시절이어서 다른 하늘에서 별을 따왔다 해도 그 별을 잘 키우는 것이 아내의 도리였던 모양이다.

어머니는 조금도 개의치 않고 남편이 차례로 데리고 온 세 명의 자식을 키웠다. 하지만 얼마 후, 남편은 이혼을 요구했고 어머니는 코너에 몰려 조강지처 자리를 내줘야 했다. 어머니 나이 서른이 채 되기 전이었다.

그리고 20년이 넘는 세월을 혼자 살아왔다. 지금의 시아버지와 만나 새로운 가정을 꾸리기까지 혼자 보낸 세월이 너무나 길었다. 그런데 재혼을 하고, 그 새로운 행복에 채 젖기도 전에 감당키 어려운 병마가 찾아든 것이었다.

남편 복 없는 여자는 자식 복도 없다는 어머니의 입버릇처럼,

불행은 무리를 지어서 다닌다는 것이 맞는 듯했다. 여자로 태어나서 제 아이 한 번 낳아보지 못한 채, 젊은 나이에 이혼까지 당하고, 뒤늦게 얻은 황혼의 사랑 앞에서 유방암이라는 선고를 받은 어머니는, 그저 삶의 험난한 고리들이 원망스럽기만 했을 것이다.

지금도 어머니는 병마와 싸우고 있다. 하지만 이제 싸운다는 말은 쓰지 않겠다고 한다. 병하고 친해지고 나니까 마음도 조금씩 편해지는 것 같다며 웃는 시어머니.

어머니는 매일 아침 8시 30분이면 집에서 나와 20분 거리에 있는 병원까지 걸어간다. 그리고 가슴에 그려놓은 부위에 방사선 치료를 받는다. 쓰러질 듯 넘어질 듯 힘에 겨운 나날들이다. 이따금 부축하는 나에게 욕설을 해대기도 한다. 아픔 때문에, 고통 때문에, 이를 악물다가 그것이 욕이 되어 튀어나오는 것이다. 평소에는 절대로 보여주지 않는 모습이다.

"이제 열흘만 더 가면 돼."

기진맥진 집에 도착한 어머니가 제일 먼저 찾은 것은 식탁 위의 달력이었다. 매일매일 빨간 볼펜으로 가위표를 쳐놓는 달력. 삶으로 가는, 희망으로 가는 가위표였다. 이 고통스러운 치료가 끝나기를 기다리면서, 제대를 앞두고 들뜬 병사처럼 매일 달력에 가위표를 그리면서 자신을 다독여 왔던 것이다.

"네, 얼마 안 남았어요, 어머님. 이제 이 치료만 끝나면 다시 머리카락도 자랄 거예요."

머리카락이 자란다는 내 말이 귀에 깊숙이 박힌 것일까. 어머니가 거울 앞으로 다가앉는다. 두건을 쓴 머리를 만지는 어머니에게서 나는 '여자'를 보았다. 누구의 어머니도 아닌, 누구의 할머니도 아닌, 누구의 아내도 아닌 그저 '여자'. 삼단 같은 머리를 빗어 내리던 젊었던 어머님의 모습이 잠깐 환영처럼 내 눈앞에 나타났다 사라지는 듯했다.

매일 새벽, 거울 앞에 앉아 두건을 곱게 묶고 그 위로 예쁜 모자를 쓰는 어머니의 모습은 그 어느 때보다 아름다웠다. 아름답기를 포기하지 않았기에 더더욱 아름답게 보였는지도 모른다.

어머니, 나의 새 시어머님 곁에 나란히 앉아서 거울 속에 비친 나를 들여다본다. 가족을 위해서 열심히 살았다고, 그 노고를 스스로에게 훈장처럼 달아주고는 '여자'에게서 멀찍이 멀어져버린, 여성도 남성도 아닌 그저 한 사람. 그 사람이 거울 속에 앉아 있었다. 삶에 지친 얼굴을 한 채 말이다.

오늘 나는 거울 속, 삶에 쪼들려 성별조차 분간키 어려울 정도로 다듬지 않고 살아왔던 나 자신에게 달콤한 목소리로 속삭여주었다.

'여자'이기 때문에 누릴 수 있는 행복, 이제 그 행복을 하나하나 찾아서 누려보라고. 지금 내 곁에서 예쁘게 두건을 두르고 있는 나의 아름다운 시어머님처럼, 그리고 세상의 많은 강하고 아름다운 여자들처럼.

흘린 것을 되찾는다는 것

세월과 함께 세상을 걸어오며 많은 것들을 땅바닥에 흘리고 다닌다. 아쉬울 줄 알면서도
놓았던 것과, 어쩔 수 없이 희생했던 것들. 모든 것을 잃었다고 체념하면서도 살기에 바
빠 눈을 돌리지 못한다. 하지만 언젠가는 새로운 발견의 날이 올 것이다. 많이 잃었지만
아직도 남아 있는 것이 더 많다는 것을 깨닫는 날이.

엄마가 이상했다. 부쩍 말이 없어지고 툭툭 내뱉는 말이 하나같
이 무뚝뚝했다. 하루에 두 번씩 청소기를 돌리고도 저녁이면 걸레
질을 멈추지 않던 깔끔한 엄마가, 일주일째 청소를 접어두었다.
집 안 구석구석 먼지로 가득한데도 엄마는 아무 생각이 없다. 세
탁기 주변에 빨랫감이 흘러넘치고 냉장고 안은 오래된 야채들이
뿜는 냄새로 가득하지만, 엄마는 베란다 앞에 서서 멍하니 창밖을
내다볼 뿐이다.

"엄마, 내 블라우스 아직 안 빨았어?"

"뭐?"

"내일 입고 가야 한단 말이야. 참, 아직도 안 빨면 어떡해?"

예전 같으면 "미안해, 미안해" 하며 황급히 손빨래라도 했을 엄마가 벌컥 신경질을 냈다.

"엄마가 네 하녀야? 그렇게 필요한 거면 네가 빨았어야지!"

엄마의 날카로운 반응에 나는 한 발짝 뒤로 물러섰다.

"왜 화를 내고 그래. 내가 빨면 되잖아."

나는 욕실로 들어가 조물조물 블라우스를 빨기 시작했다.

엄마가 왜 저러실까? 무슨 일이 있는 걸까? 요즘 들어 부쩍 늦어진 아빠의 귀가와 상관있는 걸까? 최근 엄마와 아빠가 별로 말을 섞지 않는 것을 느끼고 있었지만, 늘 싸웠다가도 화해하는 부모님이었기에, 나는 그다지 심각하게 생각하지 않고 있었다.

블라우스를 빨아 베란다에 널러 가는데, 엄마의 뒷모습이 이상했다. 들썩거리는 어깨, 뭔가 안간힘을 쓰며 참고 있는 듯한 모습.

"엄마, 왜 그래?"

가까이 다가간 순간, 나는 깜짝 놀랐다. 엄마는 터지는 울음을 참느라 입을 틀어막고 있었던 것이다.

"엄마, 무슨 일 있어? 아빠하고 무슨 일 생겼어?"

엄마는 무너지듯 주저앉아, 으으흑 하며 울음을 뱉기 시작했다.

"어쩌면 좋니? 너희 아빠가, 아빠가……, 엄마를 버리려고 해."

"엄마, 그게 무슨 말이야? 알아듣게 설명해줘."

"아빠가 말이지. 아빠가……, 엄마를 더 이상 사랑하지 않는대. 흑흑. 따로 사랑하는 여자가 생겨서, 그 여자한테 갈 거래."

믿기지가 않았다. 며칠 전만 해도 "사랑하는 우리 딸" 하며 용돈을 쥐어주시던 아빠였는데……. 나는 엄마를 와락 끌어안았다.

"우리 엄마 어떡해. 우리 엄마 불쌍해서 어떡해……."

그제야 요 며칠간 엄마의 방황이 이해가 갔다. 남편에게 버림받는 여자의 심정이라니. 드라마에서나 보았던 끔찍한 일이 엄마에게 일어난 것이다. 나는 아직 엄마의 마음이 어떤지 다 이해할 수는 없지만 충격이었다. 엄마가 남편을 잃어버린다는 건, 나 역시 아빠를 잃어버리는 것을 의미하기 때문이었다.

"엄마, 내가 아빠한테 전화해 볼게. 내가 전화하면 아빠 마음이 달라질 거야."

"그러지 마. 다 끝났어. 이제 다 끝났어."

엄마는 그날 밤 내내 흐느낌을 멈추지 못했다.

그 후로 모든 것이 변했다. 아빠는 집에 오지 않았다. 가끔 내 휴대폰으로 전화가 걸려왔지만, 나는 냉랭하게 끊어버렸다. 아직 아빠를 용서할 수 있을 만큼 너그러운 나이가 아니었다.

그 후, 나는 오랫동안 엄마의 방황을 지켜봐야 했다. 엄마의 나이 마흔넷. 스물밖에 되지 않은 나에게는 다 큰 어른이었지만, 한 사람의 여성으로서는 아직 완전히 홀로 서지 못한, 남편의 사랑이 필요한 나약한 여자일 뿐이었다.

한동안 미친 듯이 쇼핑을 하던 엄마. 그러나 몇 달 후 시들해지더니, 이번에는 등산에 빠지기 시작했다. 산악회에 가입하여 새 친구들을 사귀더니, 엄마의 얼굴에 웃음이 돌아오기 시작했다.

집안 살림 하느라 좀처럼 외출이 힘들었던 엄마가, 이제 문화센

터에서 수영도 배우고, 주말이면 산행 스케줄을 세우고 친구들과
나들이 계획을 세우느라 분주했다.

어찌 보면 아빠가 곁에 있었을 때보다 더 자유롭고 행복해 보이
는 엄마의 모습. 그건 엄마가 드디어 자신을 찾아서가 아닐까?

"엄마, 행복해?"

콧노래를 부르며 등산 배낭을 싸고 있는 엄마에게, 내가 물었
다. 엄마는 망설임 없이 대답했다.

"그럼, 최고로 행복하지."

"아빠 있을 때보다 더 행복해?"

나는 엄마의 아픈 상처를 건드릴까봐 조심스러웠다. 그러나 엄
마는 아무렇지도 않은 듯 쾌활하게 대답했다.

"그때는 그 행복이 전부인 줄만 알았었지. 하지만 지금은 그것
도 행복이었지만, 이것도 행복이란 걸 알았어."

"그게 무슨 소리야? 행복을 빼앗겼는데 다시 행복해질 수 있어?"

"그럼, 그럴 수 있지. 행복은 여기에도 있고 저기에도 있으니까.
행복은 찾는 사람이 임자니까."

내가 엄마의 생각을 반이라도 이해했을까? 다 이해할 수는 없었
지만 이것만은 알 수 있었다. 엄마가 예전보다 더 멋지고 지혜로
운 여자가 되었다는 걸.

요즘 나는 엄마에게 산에만 다니지 말고 멋진 아저씨 만나서 연
애를 해보라고 잔소리 중이다. 엄마는 아직도 충분히 예쁘니까.
사랑받을 자격이 충분하니까.

명예를 지킨다는 것

각박한 세상. '여자라서……'라는 애교가 통하던 시기가 언제인지 기억 속에서 사라졌다. 자구노력은 이제 필수 항목이다. '못하면 용서가 안 되는 시대'를 살아가기 위해서는. 자구노력에 열심인 여자들을 우리 주변에서 다수 발견할 수 있다. 자구노력은 스스로를 명예롭게 하는 지름길이기도 하다.

"끼이이익— 쿵!!!"

브레이크를 밟았지만 이미 늦었다. 앞차의 꽁무니를 힘차게 들이받은 후였다. 잠시 후 문이 열리고, 젊은 남자가 손으로 목을 주무르며 고통스러운 표정으로 걸어나왔다.

남자가 가까이 올 때까지, 나는 꼼짝을 할 수 없었다. 어떡해……. 또 일을 저지르고 말았어. 핸들을 움켜쥔 손이 부들부들 떨리고 있었다.

남자가 찡그린 표정으로 창문을 두드렸다. 피할 수 없는 상황. 나는 떨리는 손으로 겨우 창문을 내렸다.

"저……, 많이 다치셨어요?"

"아줌마, 도대체 운전을 어떻게 하시는 거예요?

예상했던 대로 남자의 고함 소리가 험악하다.

"미안해요. 제가 그만 잠깐 딴생각에 빠져서……."

"아니, 운전하는 사람이 도로에서 딴생각을 하면 어떡해요? 그러다 사람 죽일 수도 있다는 거 몰라요?"

나는 그저 "미안합니다. 죄송합니다" 사과를 할 따름이었다. 하지만 시퍼렇게 젊은 남자는 분이 풀리지 않는 모양이었다.

"이래서 여자들은 집에서 솥뚜껑 운전이나 해야 한다니까……."

울컥. 이 총각이 큰누님뻘 되는 사람에게 함부로 얘기하고 있어. 화가 치밀었지만, 죄를 지은 사람은 할 말이 없다.

보험회사 직원이 출동하고, 구경꾼들이 몰려오고, 전화로 남편에게 한바탕 설교도 들었다. 집으로 돌아왔을 때는 기진맥진 쓰러질 정도였다.

운전을 배운 지 벌써 3년. 하지만 아직도 나의 운전 솜씨는 초보 수준에 머물고 있다. 그동안 내가 낸 사고가 몇 건이더라? 한 일곱 건은 되는 것 같다.

우회전을 하다가 좌측에서 직진하던 차에 부딪쳐 사고를 낸 적이 있었고, 옆 차선으로 끼어들다가 달려오던 뒤차에 받히기도 했다. 주차를 하다가 낸 생채기는 수십 개가 넘고, 남의 차를 긁고 물어준 돈도 수십 만 원에 이른다. 남편이 큰 맘 먹고 사준 새 차는 이미 허름한 중고차가 되었고, 애꿎은 보험료는 해를 거듭할수록 높아지고 있다.

"당신, 운전하지 마. 당신이 차를 모는 건 도로 위에 시한폭탄 하나 떨어뜨려 놓는 거랑 똑같아."

"엄마가 모는 차는 무서워서 못 타겠어. 나 아직 어린데 목숨 걸기 싫어."

"여자는 운전 못하게 아예 법을 만들 수는 없나?"

남편도 아이들도 모였다 하면 나의 운전 솜씨에 대해 흉을 보기 일쑤였다. 하지만 여자 전부를 싸잡아서 흉보는 건 좀 심하지 않은가.

그 어떤 핍박에도 나는 운전을 포기할 수 없었다. 이상하게도, 구박을 받으면 받을수록 오기가 났다.

"흥, 두고 봐. 여자는 솥뚜껑 운전이나 해야 한다고? 나도 익숙한 운전자가 될 테니까."

사고를 내고 돌아온 후, 나는 아이에게 부탁하여 큰 종이 한 장을 구해 오게 했다. 그리고 그 위에 매직으로 크게 썼다.

'조심! 솥뚜껑 운전하다 나왔습니다!'

이 정도면 내가 도로의 위험 인물이라는 걸 경고하기에 충분하겠지.

지금부터는 운전 실력을 기르기 위한 실습에 들어가야 한다. 여자의 명예를 걸고.

우선 겁내지 말자. 필요 이상으로 겁을 내다보니 판단이 느려져서 자꾸 바보 같은 실수를 한다.

또, 남편이 늘 지적하는 방향 살피기에 주의하자. 우회전 할 때는 고개를 돌리고 오른쪽을 살펴야 하며, 주행 중에 수시로 백미러를 들여다보아야 한다. 옆 차선으로 끼어들 때는 꼭 깜빡이등을 켜고, 정확한 타이밍을 감지하여 신속하게 들어가자.

아자 아자! 할 수 있다! 파이팅!

당장 주차 연습부터 다시 해야겠다.

피와 땀을 투자한다는 것

여자는 아이를 통해 희생하는 법을 익히고 실천한다. 피와 땀을 아이에게 투자한다. 그것
은 이 세상에서 유일하게 대가를 바라지 않는 투자다. 그러나 그 희생을 통해 아이는 사
랑을 배운다. 희생의 또 다른 이름은 사랑이다. 아이 역시 자신의 아이에게 희생으로 사
랑을 가르친다. 인류는 여자의 사랑으로 발전해 왔다.

아들이 수학시험을 망치고 돌아온 날, 나는 상 하나를 펴고 아들과 마주 앉아 틀린 문제를 하나씩 열심히 설명해 주었다.

"면적 구하는 공식을 잘못 대입했구나. 공식을 제대로 외웠어야지. 자, 따라해봐. 원의 면적은 파이 알의 제곱……."

높은 목소리로 열심히 가르치는 나에 비해, 아들은 잔뜩 부은 얼굴로 따라하는 둥 마는 둥이었다.

"너 왜 그러니? 공부하기 싫어?"

나는 엄한 목소리로 꾸짖으려 했다. 그때 아들이 말했다.

"엄마, 나 학원 보내주면 안 돼?"

"하……학원?"

숨이 턱 막혔다. 이제 막 중학교 3학년이 된 아들. 다른 아이들이 학원에 다니고 명문대 대학생들에게 과외를 받는 동안, 줄곧 엄마와 둘이서 공부해 온 아이였다. 학원에서 체계적으로 지도받는 것에 비할 수는 없겠지만, 빠듯한 살림 속에서 그래도 엄마가 직접 가르치는 것이 가장 좋은 대안일 거라고, 최고로 가르칠 수는 없지만 최선을 다해 가르치겠다고 다짐하며 버텨왔는데……

"갑자기 왜 학원이야? 엄마가 가르쳐주는 걸로 부족하니?"

"요즘 엄마랑 같이 공부하는 아이가 어디 있어? 다들 학원에서 공부해."

"그게 무슨 상관이니? 돈이 있으면 학원 다니는 거고, 없으면 집에서 공부하는 거야. 대신 엄마가 최선을 다해 가르쳐주잖니?"

"다른 집 엄마들은 자식 과외시키려고 파출부도 나간다는데, 엄마는 그것도 못해?"

나는 나의 귀를 의심했다. 지금 내 아들이 날더러 파출부를 나가서 학원비를 벌어오라고 말하는 것인가?

가슴에서 뻐근한 통증이 느껴졌다. 아들의 얼굴이 낯설게 보였다. 지난 몇 년 동안 내가 중학교 수학 교과서를 들고 끙끙거렸던 시간이 얼마나 될까? 40대 녹슨 머리에 어려운 수학 공식과 영어 단어를 밀어 넣느라 쏟았던 피땀은 또 얼마나 될까?

학창시절에 그렇게 열심히 공부했다면 서울대라도 거뜬히 붙었을 거라고, 남편은 미안함 반에 짜증 반을 섞어서 나에게 핀잔을 주곤 했었다.

그 모든 노력이 부질없었던 걸까? 아들에게 공치사 듣고픈 마음
은 전혀 없었다. 그저 엄마로서 해줄 수 있는 최선이라고 생각하
며 열심히 했는데, 아들에게는 그저 무능력한 엄마, 무책임한 엄
마로만 보였나 보다.

그날로 나는 아이를 가르치길 그만두고 이웃 아주머니의 소개
로 파출부 일을 시작했다. 일은 고되지만, 그래도 열심히 한 달을
일하자 80만 원 정도를 손에 쥘 수 있었다.

나는 그 돈을 꼭꼭 싸들고 아들과 함께 학원을 찾았다. 아들이
원하는 종합반에 등록하려고 하니, 꼭 5만 원이 모자랐다. 내일 꼭
갖다 주겠다고 사정을 하고서야 겨우 등록을 마칠 수 있었다.

아들을 학원에 두고 돌아오는 길에, 으슬으슬 한기가 느껴지기
시작했다.

'몸살이 오려나. 춥고 몸이 무겁네.'

약국에 들러 쌍화탕 한 병과 아스피린 한 알을 샀다. 그 자리에
서 꿀꺽 마시고 한 발짝씩 집을 향해 걷기 시작했다. 평소 10분이
면 거뜬히 걸어갈 길인데, 그날은 가도 가도 집이 보이지 않았다.
식은땀이 비 오듯 쏟아지고, 몸은 마치 가루가 흩어지듯이 무너져
내리는 기분이었다.

정신을 차려보니, 나는 어느새 길바닥에 쓰러져 있었다.

사람들이 몰려왔다. 누군가 내 몸을 세차게 흔들고 찬물을 마시
게 하고 팔다리를 열심히 주무르고 있었다. 앰뷸런스를 부른다는
걸 겨우 말려 놓고, 이웃 슈퍼마켓 아주머니의 부축을 받고서야

힘겹게 집으로 돌아올 수 있었다.

그날부터 나는 꼬박 사흘을 앓아누웠다. 40도가 넘는 고열에 몸은 불덩이가 되었다. 나도 모르게 헛소리가 나왔다.

"아프면 안 돼……. 돈 벌어야 해……."

"5만 원이 모자라. 학원에 5만 원을 갖다 줘야 해."

지켜보던 남편은 괴로운지 등을 돌리고는 눈물을 글썽였다.

사흘이 지난 오후, 약간의 미열이 남아 있었지만 몸은 한결 개운해졌다. 시계를 보니 오후 4시. 집에는 아무도 없을 시간이었다.

그런데 어디선가 수돗물 소리가 들렸다. 누가 집에 있는 건가? 살금살금 뭔가를 치우는 소리. 그리고 다가오는 작은 발소리.

"엄마, 일어났어?"

아들이었다. 나는 깜짝 놀랐다.

"너 학원 안 가고 이 시간에 왜 집에 있어?"

아들은 쟁반에 꼭 짠 수건 하나를 받쳐 들고 온 참이었다. 대답을 미룬 채, 아들은 찬물에 적신 수건으로 내 이마를 꼼꼼히 닦아 주었다.

"말해봐. 왜 학원 안 가고 집에 있는 거니?"

아들은 그제야 말했다.

"엄마, 나 학원비 환불 받았어. 학원 안 다닐래."

"무슨 소리야? 네가 학원을 얼마나 다니고 싶어했는데……."

그때 아들이 후두둑 눈물방울을 떨어뜨리며 나를 와락 끌어안았다.

"싫어! 나 학원 안 다닐 거야. 엄마 아프게 하고 학원 다니면 뭘 해? 엄마 미안해. 미안해. 내가 잘못했으니까 파출부 같은 거 나가지 마."

아들은 급기야 엉엉 소리 내어 울기 시작했다.

나는 손을 들어 들썩거리는 아들의 어깨를 꼬옥 안아주었다.

"이런, 다 큰 녀석이 울기는……."

우리는 한참 동안 서로 끌어안고 있었다. 서로의 심장이 쿵쿵 뛰는 소리를 들으면서.

엄마 품을 다시 생각해 본다는 것

이상하게도 철이 들고 나서야 엄마 품을 그리워한다. 한참 자랄 때는 그토록 벗어나고 싶어 했던 엄마의 품. 한없이 따뜻하고 부드러웠던 엄마 품이 그리워 그 시절로 돌아가고 싶다. 하지만 이룰 수 없는 바람. 그래서 이제는 누군가의 엄마가 되어 푸근하게 품어주는 것인지도 모른다.

"아빠, 새엄마는 절대 안 돼. 새엄마는 무섭잖아. 욕하고, 때리고……. 어떻게 아느냐고? 신데렐라 엄마도 그랬고, 팥쥐 엄마도 그랬고, 뺑덕 엄마도 그랬어. 그러니까 절대 새엄마는 안 돼."

채 열 살이 되기 전, 나는 아버지의 새끼손가락을 꼭 잡아당기며 다짐을 받았다. 절대로 나에게 새엄마를 만들어주지 말라고.

하지만 불과 몇 달 만에 아버지는 여자 한 명을 데려왔다. 나에게 새엄마가 될 사람이라고, 잘 지내보라고, 그렇게 어색하게 조우를 시키고, 기어이 내 입에서 '엄마'라는 소리를 하게끔 만들고는 흡족한 웃음을 지으셨다.

하지만 엄마라 부른다고 해서 그걸로 엄마가 될 수는 없었다.

나의 10대는 온통 새엄마에 대한 증오와 반항으로 얼룩졌다. 새엄마가 앞치마를 두르고 집안 곳곳에 자신의 손길을 남길 때에도, 대청소를 한답시고 그나마 남아 있는 엄마의 흔적을 모조리 씻어버릴 때에도, 나는 새엄마가 미웠다.

나는 밥을 굶었고 노는 아이처럼 차려입고 집을 나갔다. 안주인이 생긴 집안은 날로 아름답게 단장되었고, 아침저녁으로 된장 냄새 밥 냄새가 풍기는 따뜻한 공간으로 바뀌어갔지만, 나의 마음은 차갑게 얼어갈 뿐이었다. 나는 새엄마가 싸주는 도시락을 쓰레기통에 버렸다. 보온병에 넣어준 꿀차를 하수구에 쏟아 붓기도 했다.

집안에서 나와 유일하게 말이 통하는 사람은 할머니뿐이었다. 돌아가신 엄마를 몸 약하다고 구박했던 할머니는, 여러 가지 이유를 들어 새어머니 역시 미워했다.

할머니가 새엄마를 두고 "네 아빠 재산이 탐나서 결혼한 년"이라고, "자기 자식 버리고 재혼한 독한 년"이라고 욕을 해대면, 나는 이런 저런 말로 새엄마를 나쁜 계모로 몰아붙여 할머니에게 고자질을 했다. 내가 할머니에게 한 말은 모조리 새엄마에게 화살이 되어 돌아갔고, 나는 그때마다 의기양양 팔짱을 끼고는 새엄마를 째려보았다.

세월이 흘러 어느새 나는 대학생이 되었지만, 아버지의 사업이 실패해 집안 살림은 말할 수 없이 궁핍해져만 갔다. 할머니는 돌아가시고, 병에 걸린 아버지는 몸져누웠고, 나는 아르바이트로 돈을 모으면서도 하루 빨리 집을 떠날 궁리만 하고 있었다.

어느 날 밤, 늦은 시간 집에 돌아와 살금살금 내 방으로 걸어가는데, 안방에서 두런두런 아버지와 새엄마가 나누는 말소리가 새어나왔다.

"자경이는 1년을 휴학하라고 하면 돼. 당신이 그렇게 애쓸 필요 없어."

"휴학이라니 당치 않아요. 친구들은 다 2학년이 되는데 혼자 뒤처지면 애 마음이 어떻겠어요."

"형편대로 하자구. 자경이도 다 컸으니 이해해 줄 거야."

"형편대로 하는 거예요. 저도 하루 종일 당신 얼굴 보는 것보다 나가서 일하면 기분 전환도 되고, 또 그 돈으로 우리 자경이 공부도 시킬 수 있고, 얼마나 좋은데요."

"당신 정말. 자경이 일이라면 왜 그렇게 끔찍해?"

"엄마가 딸한테 끔찍한 데에 이유가 있나요?"

나는 여기까지 듣고 조용히 내 방으로 돌아왔다.

갑자기 모든 일이 스쳐지나갔다. 대학시험에 합격한 날, 함께 학교에 가서 합격자 명단을 확인하고 싶다는 새엄마의 바람을 나는 야멸차게 뿌리쳤다. 입학식 날, 나와 사진 한 장 같이 찍고 싶어서 안달하던 새엄마. 자신은 재혼할 때 입고 왔었던 촌티 나는 감색 낡은 투피스를 그대로 입고서, 나에게는 굳이 백화점에 데려가 새 옷을 사주었던 새엄마.

내 등록금을 마련하기 위해 새엄마가 목욕탕에서 청소부로 일할 줄은, 나는 까맣게 모르고 있었다.

지금껏 새엄마를 용서하지 않으리라 악을 쓰며 살아왔었다. 하지만 정작 용서를 구해야 할 사람은 새엄마가 아니라 바로 나라는 걸, 나는 그제야 깨달았다.

눈물을 흘리며 후회했지만, 새엄마와의 관계를 돌이키기에는 이미 때는 늦었다. 마음속으로 죄송하다는 말을 수백 번도 넘게 되풀이하면서도, 나는 새엄마의 물음에 따뜻하게 대답하지도, 먼저 다가가 살갑게 말을 걸지도 못했다.

이듬해 아버지가 먼저 저세상으로 가셨다. 아버지가 좋아하시던 남한강에 재를 뿌리고 돌아오던 날, 새엄마는 나에게 서류 하나를 내밀었다.

"아버지가 너를 위해 남기고 가신 거야. 이거면 앞으로 학자금과 자립하는 데에 필요한 자금이 해결될 거야."

나는 천천히 서류를 살펴보았다. 그것은 몇 년 전에 가입한 아버지의 생명보험증서였다. 피보험자 난에는 아버지의 이름이 있었고, 보험 수혜자에는 내 이름이 올려져 있었다.

"이걸…… 왜? 왜 내 이름이 올려져 있어요?"

새엄마가 말했다.

"자경아, 너에겐 아빠밖에 없었잖아. 내가 좋은 엄마가 되어주고 싶었는데, 그러질 못했어. 아빠가 돌아가시면 너에겐 아무것도 남지 않을 것 같아서, 그래서 우리 둘이 의논 끝에 네 이름을 올렸단다."

이윽고 새엄마의 눈에서는 기다란 눈물 한 방울이 또르르 굴러

떨어졌다.

"자경아, 나는 이제 떠날게. 이 집은 네 거야. 아버지가 없는 이상, 나를 새엄마라고 불러주긴 힘들겠지?"

"떠난다고요? 어디로 떠나는데요?"

"그냥……. 당분간은 일하던 목욕탕에서 지낼 거야. 그리고 시골로 내려가도 좋을 것 같고, 친정 어머니를 뵈러 가도 좋을 것 같고……."

가슴 속에서 뒤죽박죽한 감정이 끓어오르고 있었다. 새엄마가 이 집을 떠난다고? 나를 떠난다고? 달랑 빈손으로?

새엄마는 작은 크기의 슈트케이스 하나만을 들고는 애써 홀가분한 표정을 지으며 내게 인사를 했다.

"잘 있어. 네가 무척 보고 싶을 거야."

이렇게 말하고 새엄마는 현관문을 나섰다. 나는 어쩔 줄을 모르며 그 뒷모습을 바라보고만 있었다.

나도 모르는 사이에 줄줄 눈물이 흘러내렸다. 안 돼. 이렇게 보낼 수는 없어. 올 때도 마음대로 오더니, 갈 때도 마음대로 가는 거야? 안 돼!

나는 현관을 박차고 나갔다. 대문을 열려던 새엄마가 뒤를 돌아보는 순간, 나는 온 힘을 다해 울부짖었다.

"엄마, 엄마 가지 마세요. 엄마!"

현관 층계를 한달음에 뛰어내려가, 나는 눈물 콧물 뒤범벅이 된 얼굴을 하고서 새엄마의 품에 그대로 뛰어들었다.

"가지 마세요. 엄마, 나랑 같이 살아요. 저 혼자서는 아무것도 못 해요. 여기서 살면서 절 돌봐주셔야죠."

새엄마는 천천히 손을 뻗어 내 어깨를 토닥토닥 두들겨주셨다. 새엄마의 두 뺨이 눈물로 촉촉이 젖어 있는 것을 알 수 있었다.

그날, 처음으로 안겨본 새엄마의 품은 돌아가신 엄마의 품, 그 이상으로 따뜻하고 넓었다.

0순위부터 챙긴다는 것

어른들 말씀이 옳은 모양이다. 사랑은 물과 같다고 한다. 위에서 아래로 흐른다. 사랑을 흠뻑 받고 자란 여자는 그 이상의 사랑을 배우자에게 전한다. 그 사랑의 두 갈래 물길이 합쳐져 아래로 흐른다. 사랑이 흐르고 흘러 마침내는 거대한 폭포수가 된다.

창문을 통해 밀려든 햇살이 거실 바닥에 선을 그어 놓았다. 바닥에 내려앉아 햇살에 두 발을 내밀고 보니, 참으로 못생긴 발이 '사십 년을 써 먹었잖니' 말하고 있었다.

그래, 생애 굽이를 막 돌아 행복은 가슴속에서 끌어내는 거란 걸 터득했으니 짧지 않은 여정이었다.

"선배, 뭐해?"

자신의 모교에서 국어 선생으로 있는 후배가 전화기에서 날 불러내었다. 선배란 말은 내 몸에 배인 마늘 냄새를 냉큼 내쫓고 잘나가는 8학군 교사인 후배와 같은 선상에 올려놓아 줄 것 같았다.

"똑같지 뭐. 밥하고, 빨래하고, 책 좀 보고……."

"선배 것부터 말하라고 했잖아. 책 보고 밥하고 빨래하고로 바꾸란 말이야."

"그게 그러니까 중요한 거 순서대로 하는 거야. 책 보다 깜빡 잊고 밥 안 해서 소박맞으면……."

나의 대답이 이쯤 되자 펄펄 뛰는 후배의 목소리는 전화기 안에서 튀어 나올 듯했고, 난 그런 후배가 귀여워서 주말 약속을 거절하지 못했다.

뭐라던가. 헛되이 보낸 오늘은, 어제 죽어간 누군가가 간절히 살고 싶어했던 내일이라던가.

뭔가 느끼라고 한 말 같은데 아무것도 느끼지 못한 것이 후배에게 들통 날까봐, 나는 목소리를 한 톤 낮추어야만 했다.

살아가며 딱히 순서를 정해 놓은 것은 아니지만 소중한 것부터, 재미있는 것부터, 맛있는 것부터 챙기게 됨은 습관 그 이상의 것이란 생각을 해보았다.

그런 맥락에서 보면 순서란 나의 마음이고, 삶의 연륜이고, 또 욕망일지도 모르겠다.

간절했던 그것이 형체도 없이 사라지는가 하면, 숨 막히게 행복했던 순간도 그 정도를 계속 지탱하지는 못하니 순서의 변함은, 자연스런 흐름 속의 삶일 수도 있지 않을까?

저쪽 테라스에서 또 다른 순서가 날 기다리고 있으니…….

볕 좋은 그곳에 빨래를 말리는 건 내가 좋아하는 일 중 하나이다. 그런데 안타깝게도 그곳엔 햇볕이 절반만 들어 어떤 빨래를 명당자리에 배치하여야 할지 여간 고민스럽지 않다.

그러나 고민은 잠시, 내게 소중한 순서대로 빨래들이 널린다. 아들 교복, 아들 속옷, 아들 수건……

그러고도 다행스럽게 볕이 드는 자리가 조금 남으면 내 양말 따위를 널어보지만 마치 지하철 좌석에 주책없이 끼어 앉은 아줌마 엉덩이 같아 곧 거두어버린다.

'변하지 않는 단 하나의 진리는 모든 것이 변한다는 것'이라고는 하나, 그리 말한 이는 아마도 자식이 있기 전이었나 보다. 모든 것에 대한 0순위, 차라리 그 자리에 나의 심장을 옮겨 놓을망정 순서 밖으로 몰아내면 나 자신이 아파 견딜 수 없는데, 어찌 그 자리를 내놓을 수 있으랴.

그러나 한 번씩 그 모든 것에 대한 순서를 마구 휘젓고 싶기도 하니, 그날도 그런 날이었다.

몇 시간째 컴퓨터에 코를 박은 아들에게 다 식어빠진 국그릇 따위가 보일 리 없었다. 이제 열두 살 먹은 아들의 등짝은 때려주어도 마음 불편하지 않을 만큼 단단해져 있었고 곧 아들의 괴성이 들려왔다.

컴퓨터에 날아다니는 괴물 한 마리가 죽었다 해서 두 눈에 눈물이 그렁그렁 고인 채 엄마를 바라보는 눈은 섬뜩하기까지 했다. 더불어 내가 열 달 동안 공들여 만들어준 그 입은 적의로 가득 차 나를 질책하기 시작했다.

"엄마 하고 싶은 건 다 하면서 저는 왜 안 되죠? 엄마는 책 보다가 늦잠 자서 점심도 못 싸주셨잖아요. 엄마 좋아하는 건 밤 새워 하면서 저는 왜 때려요.”

엄마 같은 엄마는 필요 없다고 그렇게 들리는, 끝이 애매한 마지막 말을 내 가슴팍에 던져 놓곤 아들은 방으로 들어가버렸다.

뭐랄까? 꼭 내가 뿌리째 뽑히는 느낌이라고나 할까? 녀석에게 내 행복을 저당 잡힌 채 불운과 행운을 넘나드는 내 꼴에 부아가 나더니 끝내 설움이 명치끝에 달라붙었다.

훌륭한 엄마가 될 수 있다는 의욕은, 이런 풍화작용으로 모서리가 자꾸만 깎여가고 있었고, 밥하기 빨래하기 모두 내동댕이치고 온전히 나만을 위해 선택하고 싶었던 순간들이 슬며시 다가와 날 유혹했다.

이런 참담한 내 기분에 아랑곳하지 않은 채 아들의 흔적은 생활 곳곳에 숨어 있었고 그중 하나가 눈에 띄었다.

다름 아닌, 아들의 ‘키재기’ 했던 흔적이 사연을 담은 듯 색연필이나 연필 따위로 표시되어 과거의 편린으로 남아 있었다.

유치원에 다닐 때는 손에 쥐어진 것이 크레용이었던가? 초록색 선이 그어져 있었고 그 위에는 색연필로, 어느 순간부터는 아예 연필로 연결된 아들의 성장은 기고만장하여 버르장머리 없이 그 곳에 서 있었다.

내가 기분 좋을 때마다 아니면 고기를 해 먹이고 난 후에 해왔던, 아들의 키재기는 이제 그만두어야 할 것 같다는 생각을 하며 집을 나섰다.

밥하고 빨래하고 책 좀 보고…….

진정 그 순서를 바꾸어야 할 시기가 된 것인지. 머릿속에 정말 많은 생각을 넣을 수 있다는 것을 실감하며 제법 어둑해져서야 집에 돌아왔다.

집에 들어서는 순간 알싸하고 개운한 그런 냄새가 먼저 코끝에 닿았다. 너저분했던 식탁 위가 말끔히 치워져 있었고 며칠 전부터 미루어왔던 신발장 정리까지 완벽히 되어 있었으며 방향제의 냄새는 성의를 다한 청소임을 말해 주었다.

엄마에게 미안한 마음을 이렇게 대신한 아들은 아까는 잘못했다며 가슴에 안겨온다. 동그란 머리에서는 아직은 여리기만 한 살 냄새가 풍겨왔다.

"엄마가 좋아하시는 거 할까요?"

벽 앞에서 아들은 발꿈치를 바싹 붙이며 이미 준비한 연필을 내게 주었다.

몇 달간 건너뛰긴 하였지만 손가락 마디 하나쯤이 커져버린 아들의 머리꼭지를 올려다보니 절로 미소가 지어졌다.

이렇게 크려고 어미한테 고약하게 굴었는가 보다 자위하며, 자존심도 없는 나는 조금씩 행복해져 가고 있었다.

그 밤, 뚝딱 자라버린 아들의 키가 하도 신기해 줄자를 가지고 벽에 표시된 마지막 선에 맞추어보았다. 한참 크는 시기라고는 하지만 몇 달 사이에 이렇게 클 수 있을까?

흐뭇하면서도 마지막 표시된 선과 그 전의 선 차이가 워낙 커서 뭔가 석연치 않았는데, 아뿔싸! 표시되어 있는 선들을 자세히 살펴보니 하나의 선이 지워져 있는 것 아닌가. 완벽하게 지웠음에도 연필의 눌림에 패인 홈집은 어쩔 수가 없었는가 보다. 그러니까 선이 하나 지워졌기에 이번엔 두 배로 커져 있었던 것이다.

자신의 미소, 건강, 성장까지도 엄마에게 최고의 행복이란 것을 아는 아들이 아름다운 속임수를 쓴 것이다.

포기할 수 없는 설렘이고, 환희이고, 때로는 서러운 고통일지라도 내가 힘을 낼 수 있는 원동력이라면 이건 축복일 거야. 그럼 축복이지. 그냥 바꾸지 않으련다.

밥하고, 빨래하고, 책 좀 보고…….

사랑을 만끽한다는 것

일상의 피곤에 찌들어 하루하루를 버티다 보면 남는 것은 후회와 자기연민뿐이다. 탄식을 하다가도 책임을 완수하기 위해 무거운 몸을 움직인다. 세상에 홀로 남겨진 기분. 그러나 고개를 들어 주변을 살펴보면 어느새 수많은 사람들의 따뜻한 시선 속에 서 있음을 발견하게 된다. 깜짝 놀라는 순간 다가오는 전율. 행복 느낌.

나의 친정은 딸만 다섯이라 명절만 되면 친정 부모님이 쓸쓸하게 지내시기 일쑤였다. 그나마 친정 어머니가 살아계실 땐 별 걱정이 없었다. 시집 안 간 동생들이 엄마를 도와 음식 준비를 하곤 했었다.

그러나 5년 전 엄마가 하늘나라로 가신 이후 장녀인 나는 친정 생각만 하면 바늘방석이 되었다. 시집 안 간 막내와 아버지, 단 둘이어서 차례를 지내니 다른 집의 떠들썩한 명절 아침과는 사뭇 다를 것이다.

하지만 올 2월에는 친정 아버지마저 저세상으로 떠나셨다. 남은 막냇동생은 캐나다에 유학을 가고, 두 분 다 돌아가시고……. 그렇게 처음 맞는 명절은 나에게 큰 짐처럼 여겨졌다. 시댁에 가서 음식 준비를 해야 하는데, 친정 부모님께서 상 한 번 못 받으실 걸 생각하니 밤에 잠도 잘 안 왔다.

딸부자라지만 우리나라에 남아 있는 자매는 셋뿐인데, 다른 동생들도 모두 시댁에 차례가 있는데다, 셋째는 멀리 지방에까지 가서 시아버지의 차례를 지내야 하니 어느 동생에게 떠맡길 수도 없는 형편이었다.

장녀라는 책임감이 더 커서 꼭 내 손으로 부모님의 차례상을 준비하고 싶은 마음이 간절했다. 그러나 한 집안의 며느리이기에 시댁에 안 갈 수는 없고, 이럴 때 남자 형제가 없는 게 정말 서럽게 느껴졌다.

나는 사람들이 '아들, 아들' 하는 이유를 그때서야 실감했다. 혼자 끙끙대며 걱정만 하다가 남편에게 조심스럽게 말을 건넸다. 그런데 남편은 너무 간단히 "자긴 집에서 장인어른, 장모님 차례 준비해. 내가 엄마한테 말할 테니" 하는 것이었다.

남자들이란 참 단순하지 않은가. 그렇게 간단한 게 아닌데. 시어머니와 아버님도 자주 뵙지도 못하는데 명절날까지 며느리가 오지 않으면 얼마나 서운해 하시겠는가.

그래서 나는 이런 법은 없지만 추석날은 시댁에 가고, 다음 날 집에 와서 친정 부모님 차례를 지내야겠다고 생각했다. '엄마, 아버지도 이해해 주시겠지……' 하며 위안을 삼았다.

그런데 추석 이틀 전 시어머니께서 전화를 하셨다.

"애, 어미야, 너 친정 부모님 차례는 어떡할 거니? 너 아니면 할 사람도 없잖니?"

"네, 그건 그런데……."

나는 기어들어가는 목소리로 대답했다. 그랬더니 어머니께서 생각지도 않은 말씀을 하시는 것이었다.

"넌 거기서 그냥 친정 부모님 차례를 드려라. 여기야 일할 사람 많으니까 걱정 말고. 그래도 애비하고 애들은 와야 되구. 알았니?"

"어머니 죄송하고 감사해요. 그러지 않아도 저, 걱정이……."

어머니의 다정다감한 배려를 접하니 목이 메어 더 이상 말을 잊지 못했다. 우리 시어머니 같은 분이 또 있을까. 며느리가 걱정하고 있을 걸 미리 짐작하시고 이런 큰 사랑을 주시다니…….

나는 시부모님의 사랑에 보답하고자 다른 명절보다 더 정성껏 선물을 준비했고 좀 무리해서 용돈 봉투도 두둑하게 드렸다. 내 몫까지 힘들게 일할 동서들 선물도 준비했다. 물론 선물공세로 나의 빈자리가 채워지진 않겠지만. 사실 어머님보다 형님과 아랫동서에게 더 미안했다.

추석 전날 남편과 딸이 시댁으로 간 후 혼자 남아 음식 준비를 하는데 기분이 묘했다. 쓸쓸하고 적막하게 지내는 명절이란 게 이런 거구나 느꼈다. 더구나 추석 아침이 되어 차례상을 차리고 나니, 진짜 나 혼자라는 게 실감이 났다. 혼자서 절하고 음복하고 차례 지내는 일이…….

차례상 앞의 엄마, 아빠 사진을 보며 한없이 울었다. 아침밥도 먹는 둥 마는 둥 하고, 차례상도 치우지 않고 그냥 둔 채 누워서 멍하니 TV를 보는데 남편에게 전화가 왔다.

"우리 지금 떠나거든. 차례상 치우지 말고 그냥 놔둬. 집에 가서 다시 차례 지내자. 두 시간 후면 도착할 거야."

"응."

전화를 끊고 나니 또 눈물이 흘렀다. 그래도 남편밖에 없구나. 나를 위해 다른 때보다 일찍 차례를 지내신 어머니, 아버지의 사랑에 감격했다. 시댁이 멀리 있지 않은 것이 이렇게 고마울 수가. 비록 혼자 지낸 슬픈 추석 아침이었지만 나는 너무 행복했다. 내가 사랑을 듬뿍 받고 있다는 걸 새삼 느낄 수 있었다.

곧 돌아오는 설날에는 시댁에 갈 수 있어서 좋다. 친정 부모님의 차례는 신정에 이미 지냈으니 설날은 한결 맘 편하게 며느리 노릇을 해야겠다.

여자들을 살펴본다는 것

따지고 보면 다를 바 없는 인생. 그러나 얽인 관계가 여자들을 불편하게 한다. 누구의 시누이이자 또 다른 이의 올케일 수밖에 없는, 여자의 인생. 한 발짝 다가서서 보면 왜 그리 눈물이 나는지.

"아가씨, 이제 저도 어쩔 수가 없어요. 차 가지러 갈 테니까 정리해 두세요."

"맘대로 해요."

시누이는 딸칵 하고 전화를 끊었다.

지방에서 식당을 경영하는 시누이에게 차를 빌려준 것은 1년 전의 일이었다. 식당 일을 시작하고 재료 구입이며 거래처 관리에 이래저래 차 쓸 일이 많다며 우는소리를 하는 시누이의 사정을 듣고 남편이 말했다.

"당신 차 내줘. 당신은 차 쓸 일 별로 없잖아."

4년 된 낡은 차에 생색내기 싫어서, 나는 흔쾌히 그러라고 승낙을 했다. 시누이는 신이 나서 서울로 올라왔고, 고맙다고, 이 은혜 꼭 갚겠다고 연신 고개를 숙이면서 차를 가지고 내려갔다.

하지만 처음에는 1, 2개월만 쓰고 돌려준다고 했는데, 그렇게 6개월이 지났고, 이제 1년을 채웠다. 남편은 그깟 차 한 대쯤 여동생한테 줬다고 생각하면 그만이라지만, 그게 그렇게 쉬운 일이 아니었다.

하루가 멀다 하고 날아오는 고지서. 주차위반에 신호위반, 속도위반……. 차량검사까지 받지 않아 과태료는 상상을 초월할 정도로 높아졌다.

어쨌든 돌려받을 차이니 자동차세와 보험료 정도는 내가 납부해야지 생각했었다. 하지만 쌓여가는 과태료 고지서는 입이 떡 벌어질 정도로 큰 금액이었고, 내 신용까지 걸린 문제였다.

나는 남편에게 의논을 했다.

"차라리 아가씨더러 내 차를 사라고 하는 게 어떨까요?"

"말이 되는 소리를 해. 주면 주는 거지 가족 사이에 팔고 사는 게 어디 있어?"

"그럼 당신이 전화해서 과태료 좀 내라고 해요."

"당신이 직접 해."

가족에게 싫은 소리 못하는 남편은 그저 피하려고만 들었다.

결국 내가 결단을 내려야 했다. 차를 가지러 직접 시누이가 사는 곳으로 내려가기로 한 것이다.

남편이 데려다주면 좋으련만……. 그는 이런 궂은일에는 관여

를 안 하려는 사람이다 보니, 나 혼자서 고속버스에 택시를 갈아
타며 물어물어 시누이가 운영한다는 식당을 찾아가야 했다.

어렵사리 식당을 찾았지만, 나는 차마 들어서지 못하고 망설였
다. 너무나 허름하고 볼품이 없는 가게. 누군가가 운영하는 식당
을 헐값으로 인수하게 되었다며 좋아하더니, 이렇게 초라한 가게
일 줄은 상상도 못했다.

문짝은 유리창이 깨져서 이리저리 금이 가 있고, 그 위로 붙인
초록색 테이프가 궁색함을 더 돋보이게 했다. 문을 열자 음침한
불빛 속에서 뭔가를 열심히 닦고 있던 시누이가 일어서며 "어서
오세요!"라고 말했다.

"아가씨, 저 왔어요."

"아, 왔어요?"

차를 가지러 온 것인 줄 알기에, 시누이의 표정은 별로 밝지가
않았다. 기름때가 새까맣게 눌러 붙은 냄비를 옆으로 치우고는,
대뜸 차 열쇠부터 내밀었다.

"여기 있어요. 차 가져 가세요."

서울에서부터 장장 7시간을 달려온 사람에게 앉으라는 말도 없
는 시누이.

너무 하지 않느냐고, 차를 빌려갔으면 최소한 피해는 주지 않아
야 할 것 아니냐고, 세금에 과태료에 돈이 얼마나 드는지 아냐고,
한껏 쏘아주고 싶었다. 하지만 삶에 찌들어 지친 표정의 시누이를
보니 그런 말들이 목구멍에서 넘어오지 않았다.

오히려 차를 가지러 온 내 자신이 나쁜 년이 된 것 같았다. 그렇다고 차를 그냥 포기하려니 내가 감당해야 할 피해가 너무 컸다. 시누이도 딱하지만 차를 가져가야만 하는 나에게도 사정은 있었다.

열쇠를 가지고 나오는 길에 내가 물었다.

"아가씨, 몸은 괜찮아요?"

"괜찮아요."

나는 지갑을 열어 만 원짜리 몇 장을 되는 대로 꺼내들었다.

"영주가 벌써 중학교 들어가죠? 외숙모가 신경도 못 썼어요. 이걸로 학용품이라도 사주세요."

시누이는 돈을 내미는 나를 힘없는 표정으로 바라보았다.

"받아둬요."

시누이는 못 이기는 척 돈을 받았다. 단돈 만 원이 궁한 살림이니 찬밥 더운밥 가릴 때가 아니었을 게다.

"그럼 차 가지고 갈게요."

나는 가게를 나왔다. 시동을 걸고 라이트를 켰다.

그런데 왜 갑자기 눈물이 나는 걸까? 출발을 하려는데 헐레벌떡 뛰어나오는 시누이가 보였다. 나는 재빨리 눈물을 훔치고 창문을 내렸다.

"왜요, 아가씨?"

"올케 언니, 저녁 먹고 떠나요."

"아니에요. 됐어요."

"안 돼요. 언니를 이대로 보내면 내가 평생 후회할 거예요. 제발

밥 먹고……."

갑자기 시누이의 눈이 새빨개졌다. 시누이의 눈에서도 참았던 눈물이 흘렀다.

나는 시동을 껐다. 오늘 밤은 아무래도 시누이 집에서 자고 가야 할 것 같다. 차는 가져가더라도 마음만은 남기고 떠나야겠다고, 나는 그렇게 생각했다.

여유를 만들어낸다는 것

어려운 이유를 대자면 끝이 없다. 이럴 때일수록 거꾸로 생각해 보자. 마음만 먹으면 불가능할 것이 없다. 빠듯한 일상에서 벗어나는 하루. 자신만을 위한 하루. 그렇게 하루를 쓴다고 해서 경천동지할 일이 벌어지지는 않는다. 어렵게 만들어낸 여유일수록 보석 같은 빛을 발한다.

　　11월 첫째주, 내장산 단풍이 절정을 맞는다고 한다. 곧 선홍빛 단풍이 흐드러지게 피어 산천을 물들일 것이고, 전국의 유람객들이 꾸역꾸역 내장산으로 몰려들 것이다.

　　"마흔아홉. 40대에 마지막 맞는 단풍인데, 우리도 내장산으로 한 번 떠야 하지 않을까?"

　　인터넷의 동창 카페에 올려놓은 누군가의 글에 열화와 같은 댓글이 주렁주렁 굴비를 만들기 시작했다.

　　"콜! 떠나야 한다는 데 한 표!"

　　"나도 콜! 열심히 설거지한 당신, 떠나라!"

　　"원츄! 남편은 웬수, 자식은 애물단지, 탈출만이 살 길이다!"

참가를 희망하는 인원이 무려 15명. 모임을 가져도 고작 7, 8명이 모이는 것이 전부인데 내장산 단풍, 그것도 40대의 마지막 소풍이라 하니 다들 들썩거렸다.

이번에도 일처리가 깔끔한 옥자가 진행을 맡았다. 그녀는 인터넷을 다루는 솜씨가 제법이라서 앉은 자리에서 티켓 예약을 뚝딱 해결하고, 식당 섭외와 산행코스까지 정리를 했다.

마침내 정식 공지사항이 떴다.

"××여고 19기, 드디어 내장산에 뜨다!"

모든 스케줄이 결정되었다. 아침 7시 5분 서울역발 KTX. 10시 44분 정읍역 도착. 백학정에서 젓갈 반찬이 맛있기로 소문난 떡갈비 갈비탕을 먹고, 내장산국립공원으로 이동. 굵고 짧은 금선폭포 코스에 도전.

물론 하산 후 막걸리에 동동주, 그리고 찜질방을 빠뜨릴 수는 없었다. 물론 노래방도.

드디어 소풍날이 왔다. 아줌마들은 엉덩이가 무거워서일까? 출발 5분 전이 되도록 두 명이 오지 않아 발을 동동 굴렀다. 한 명은 깜빡 늦잠을 자느라 끝내 도착하지 못했고, 다른 한 명은 세수도 하지 못한 얼굴로 나타나 울먹거렸다.

"야야, 나 어쩌냐. 급하게 나오다보니 지갑도 안 가져왔다."

우리 모두 "괜찮아, 괜찮아. 뭐 그런 일로. 일단 내가 10만 원 꿔 줄게" 하며 그 친구를 달랬다. 도착하지 못한 한 명은 버스라도 타고 올 테니 현지에서 기다려달라고 애원을 했다.

"알았어. 그럼 점심 먹기로 한 백학정 식당으로 꼭 찾아와라!"

기차에 오르자마자, 밤을 삶아온 사람, 오렌지를 챙겨온 사람, 큰 보온병에 따뜻한 차를 끓여온 사람 등 먹고 마실 것이 한가득 펼쳐졌다. 아줌마들의 수다는 KTX 4호차를 쩌렁쩌렁 울려댔다. 다른 승객들 눈치에 목소리를 낮추었다가도 금세 또 잊어버리고 수다를 떠는 우리들. 그러다 갑자기 잠에 빠져 코를 드렁드렁 골아대는 못 말리는 아줌마들.

정읍에 도착하자 맑은 가을 공기가 코 속에 바람을 듬뿍 넣어준다. 메뉴를 시키고 나니, 늦게 혼자 출발한 친구가 식당 안으로 뛰어 들어온다.

"아이구, 왔구나 왔어. 잘도 찾아왔네."

우리는 갈비탕을 국물 한 방울도 남기지 않고 해치웠다. 늘 그렇듯 식당 밥은 아줌마들의 배를 채워주기에는 양이 턱 없이 적다.

드디어 내장산에 올랐다. 단풍이 피크라 사람이 전국에서 몰려왔는지, 산에는 단풍보다 사람이 더 많다.

"아이고, 이거 사람한테 밟혀 죽겠네."

"어쨌든 오르자고. 오르고 보자고. 힘들게 온 소풍인데 그냥 갈 수는 없잖아."

꼬물꼬물, 사람들을 따라 올라갔다. 단풍 앞에서 사진도 찍고, 내장산 약수물도 떠먹고, 밀려오는 사람들에 쉬지도 못하고 꾸역꾸역 걸었다. 폭포에 이르렀을 때에는 기진맥진. 다들 단풍이고 뭐고 배가 고프다고 난리였다.

산 밑에서 아픈 다리 주무르며 막걸리 동동주에 먹는 파전은 왜 그리 맛있는지.

이제 찜질방에 갈 차례다. 찜질방은 아줌마들의 단골 아지트. 그곳에만 가면 스트레스가 풀리고 땀과 함께 맘속에 담고 있던 묵은 감정들도 떠내려가는 듯하다.

찜질방에서 가운만 걸친 채로 나누는 수다는 차원이 다르다. 진짜 오리지널 리얼 원색 뒷담화가 펼쳐진다. 남편 흉, 시댁 흉, 자식 원망에 인생무상의 허무함까지, 살벌하고 적나라한 이야기들이 오고간다.

곧이어 이어지는 아구찜 저녁 식사. 힘든 산행에 목욕까지 마친 터라 쓴 소주가 술술 잘도 넘어간다.

마침 식당과 같은 건물에 노래방까지 있어서, 우리들은 수고를 덜었다. 기차시간을 기다리며 신나게 노래를 부르고 탬버린을 두들기며 마음껏 목청을 돋운다.

이렇게 행복하고 재미있을 수가.

마흔아홉의 놓치고 싶지 않은 가을. 우리 아줌마들은 그 아름다운 마지막 계절을 이렇게 살풀이하듯 떠나보내고 있었다.

여자는 하나같이 어머니를 닮았다.
그것이 여자의 비극이다.

O.와일드

5

여자의 지혜

여자들은 타고난 투자가다. 결코 실패하는 일이 없다. 성공하는 투자는 무엇인가. 한 번 결정하고 나면 과감하게 베팅을 하고 미련을 갖지 않는 것이다. 가장 고결한 투자는 무엇인가. 사랑과 감정의 투자다. 엄마들은 이 세상에서 가장 고결한 투자를 해놓고는 그 대가를 바라지 않는다. 대가를 기대하지 않는다는 점에서, 그것은 비극임에 틀림없다. 돌아올 것이 없다는 것을 뻔히 알면서도 고삐를 늦추지 않는 투자. 여자들은 엄마에게서 투자가로 훈련을 받는다. 성공과 실패의 지혜를 전수받으면서 투자가로 거듭나는 여자들. 역사는 이렇게 발전해 왔다.

감사의 구실을 찾아낸다는 것

돌아보면 세상은 감사해야 할 것으로 가득 차 있다. 이렇게 살아 있음을, 사랑하는 사람과 함께 있음을, 내 생명보다 소중한 아이가 있음을. 감사해야 할 구실을 찾아내는 것만으로도 바쁘기만 하다. 나이가 들어간다는 것은 감사의 구실을 풍성하게 하는 안목이 트인다는 의미일 수도 있다.

"아들아, 태어나줘서 고맙고, 건강해서 고맙다. 사랑한다."

잠들어 있는 아들의 손을 잡고 나는 매일 속삭인다.

"아줌마, 아들이에요. 아들!"

10년 전 겨울, 수술을 막 끝내고 나온 나를 세차게 흔들며 의사 선생님이 깨웠다.

'아들? 아들이라고?'

마취에서 덜 깨 혼미한 정신에서도, 수술 부위의 통증을 감지하며 꿈이 아님을 확인하고서야 감격의 눈물을 흘렸다. 그때 내 나이는 마흔이었다.

이미 위로도 딸 셋을 둔, 딸부잣집 엄마였던 나는 아들을 낳기 위해 마흔의 나이에 다시 한 번 분만대에 올라야 했다.

결혼 전에는 남편이 장남이라는 사실이 두렵지 않았다. 하지만 결혼을 하고 나니 그것이 아니었다. 결혼 직후부터 세상은 내게 아들을 강요했고, 그때부터 나는 오로지 아들을 낳기 위해 아이를 낳아야 하는 여자였다. 남의 얘기인 줄로만 알았던 남아선호가 어느덧 나의 얘기가 되어 있었다.

'딸이든 아들이든 상관없어요. 남편은 딸이었으면 좋겠대요'라는 말들은 나에게 해당되지 않았다. 아들을 낳으면 'stop'이었고, 그렇지 않으면 또다시 'go'였다.

그렇게 시작된 임신과 출산은 15년이라는 세월 속에 3번이나 반복되었지만, 신은 그리 쉽게 나에게 아들을 허락하지 않았다. 그렇게 나는 15년을, '한 집안의 대를 끊은 여자'라는 죄인으로 살아야만 했다.

그 죄를 벗으려고, 남의 눈을 피해가며, 부풀어 오르는 배를 옷속에 애써 감추며, 마흔의 나이로 또다시 아이를 낳았다. 그 결과 나는 마흔에야 아들을 품에 안을 수 있었다. 한동안 주위의 축하가 이어졌고, 나는 며칠간 아들 얻은 기쁨을 만끽했다.

그랬다. 내가 아들 얻은 기쁨을 만끽할 수 있었던 건 불과 며칠에 불과했다. 퇴원하고 며칠 후, 병원에서 걸려온 한 통의 전화로 나의 기쁨은 한 순간에 물거품이 되어버렸다.

병원으로 잠시 와달라는 얘기에 급히 달려간 나에게, 의사는 내 아들이 정신지체장애인 다운증후군이라는 판정을 내렸다. 그리고

아이의 심장 소리가 이상하니 심장병 검사를 받아보아야 한다는
말도 함께 전해주었다.

순간 정신이 몽롱해졌다. 어떻게 왔는지도 모르게 집에 도착해
한동안 멍하니 그렇게 앉아 있었다. 그리고 정신을 차린 후 내가
할 수 있는 것은 매일 밤 울며 기도하는 일뿐이었다.

내 아이를 지켜달라고……. 건강하게 지켜달라고…….

그런 간절한 기도 덕분이었는지, 다행히 아이의 심장은 문제 없
다는 결과가 나왔다. 그러나 심장병보다도 더욱 나를 힘들고 무섭
게 만드는 건 따로 있었다.

바로 장애아인 내 아이를 바라보는 사람들의 시선이었다. 아이
는 장애 때문에 발육이 느렸고, 지능도 현저하게 낮았다. 다른 아
이들이 뛰어 다닐 때 겨우 일어나 걸을 수 있었고, 다른 아이들이
말을 시작할 때도 내 아이는 침묵이었다. 그런 내 아이를, 사람들
은 항상 곱지 않은 시선으로 바라봤다.

그랬다. 사람들의 눈에 내 아이는 이상한 생김새를 가진 아이였
고, 다섯 살이 넘어도 '엄마, 아빠'라는 말을 하지 못하는 장애아
였다. 아무리 발버둥 치고 애를 써도 사람들에게 내 아들은 또래
아이들보다 뒤처지는, 그래서 거부감이 드는 장애아에 불과했다.
비록 말은 잘하지 못하지만, 좀 부족하지만, 오늘도 나를 이토록
행복하게 만드는 아이인데…….

사람들은 겉모습만 보고 너무 쉽게 판단해 버렸다.

"너는 못해, 너는 장애아야."

많은 사람들의 마음속에 그렇게 장애인에 대한 편견이 박혀 있었다. 어쩌면 그 편견이 장애아들이 가진 조금의 가능성마저, 희망마저 빼앗아가 버리는 것 같아 마음이 아프다. 조금만 관심을 가지고 귀 기울인다면, 충분히 가능성이 있고, 별반 다르지 않은 아이인데 하는 마음에 아쉬움도 남는다.

10년 전 나에게 아들은 어쩔 수 없는 선택이었지만, 아이를 낳은 내 운명을 원망하기도 했었다. 그러나 현재 나는 아들이 있어 진심으로 행복하고 감사하다.

비장애인 아이를 가진 가족들은 이해하지 못할지도 모르지만, 나는 오늘도 아들의 재롱 앞에서 행복한 웃음을 짓는다. 어설프게나마 글씨를 읽어나가고, 동요를 부르는 모습, 포옹을 하며 입을 맞추는 애교를 부리는 내 아들의 모습에서 말이다.

다른 사람들에게는 장애인이지만, 나에게는 사랑이기에 가능하리라 생각한다. 비록 사람들에게 내 아이를 사랑해 달라 할 순 없겠지만, 처음부터 편견을 가지고 바라보지만 말았으면 하고 작게 소망한다. 나는 그 작은 소망을 가슴에 안고, 오늘도 아들과 함께한다. 아들의 아픔을 대신할 순 없지만, 아픔을 이해하고 함께 나누는 것이 나의 일이기 때문이다.

올해로 쉰 살. 나는 50년이라는 세월을 살아오면서 정확히 반을 엄마라는 이름으로 살아왔다.

돌이켜보면 내가 여자로 살아가면서 가장 행복했던 순간은 바로 엄마가 되던 순간이었다. 그 큰 행복을 안겨준 것만으로도 내 아들은 나에게 충분히 제 몫을 다했다고 생각한다.

그리고 이제 그 행복을 아들에게 돌려주는 것이 내 몫이라 생각한다. 그래서 그 행복을 돌려줄 수 있게 내 아들을 건강히 지켜주신 분들께, 건강히 내 옆에 있어주는 내 아들에게 오늘도 나는 감사의 말을 전한다.

"제 아들을 건강하게 지켜주셔서 감사합니다."

"아들아, 태어나줘서 고맙고, 건강해서 고맙다. 사랑한다."

빈 가슴을 채운다는 것

TV와 쇼핑 외에도 허전한 마음을 채울 친구들은 얼마든지 있다. 독서, 등산, 운동, 꽃꽂이……. 헤아릴 수 없을 정도다. 다만 그런 친구들과 사귀기 위해서는 얼마간의 적응기간이 필요하다. 대번에 친해지는 친구는 금세 헤어질 확률이 높다. 평생을 함께 하기 위해서는 적당한 투자기간이 필요하다.

"뭐야 엄마? 이거 또 산 거야? 제발 그만 좀 사라니까 이건 또 왜 샀어?"

작은딸의 타박에 나는 얼굴이 붉어져서 열심히 변명을 했다.

"필요하니까 샀지. 이게 얼마나 편리한데. 이거 하나면 밥하면서 동시에 야채도 데울 수 있고, 고구마도 삶을 수 있고……."

"어휴, 그만 좀 해! 허구헌 날 홈쇼핑만 보고 있으니까 그렇게 바보가 되는 거야."

짜증을 있는 대로 내며 문을 쾅 닫고 들어가버리는 작은딸.

"저, 버르장머리 같으니라구. 엄마한테 그게 무슨 말버릇이야."

나는 화부터 내본다. 하지만 솔직히 창피하다. 홈쇼핑에서 물건사지 말라고 큰딸과 작은딸이 합세해서 으름장을 놓았던 게 바로 엊그제 일이었다. 스스로도 '그래, 이제 그만 사자'라고 굳게 다짐을 했었는데, TV를 켜는 순간 그 다짐은 물거품이 되어버렸다.

이번 달 들어서 산 물건도 벌써 4개째. 2개 값에 4개를 준다는 바지 세트 하나와 한 세트를 덤으로 준다는 마사지 팩, 법랑냄비 한 세트, 그리고 오늘 막 배달된 찜기가 그것이다.

모두 살 때에는 꼭 필요한 물건이라 생각했었고, 다시는 이런 좋은 기회를 잡을 수 없을 것이라 생각했었는데. 지금 보니까 꼭 사야 할 물건은 아니었다는 생각이 든다.

왜 나는 홈쇼핑만 보면 정신을 못 차리는 것일까? 언제부터인지 아무리 물건을 사도 허기가 채워지지 않는다.

50대의 나. 이미 갖고 싶은 걸 많이 가져보았고 웬만한 것은 다 갖고 있는데, TV를 틀면 더 좋아 보이고 더 푸짐해 보이는 물건들이 날마다 화면을 가득 메운다. 지금 사지 않으면 큰일 날 것만 같은 불안감이 엄습해 온다. 신용카드를 꺼내들고 수화기를 들고서야 드디어 사라지는 불안감. 주문 전화를 끊고 나면 후련한 기분.

그러나 이 기분은 오래 가지 않는다. 결국 쓸데없는 물건을 또 사고야 말았다는 후회가 밀려오기 시작한다. 내 자신에 대한 지독한 혐오감까지…….

정말 내 스스로가 너무나 한심하다. 오늘만 사고 더 이상 사지 말아야지, TV를 보지 말아야지, 다짐을 해도 다음 날이면 여전히 홈쇼핑 채널을 오르내리며 뭘 살까 궁리에 빠져 있는 내 자신을 발견하는 것이다.

언제부터 이렇게 TV만 바라보고 살았을까? 내가 사람들이 말하는 '홈쇼핑 중독'에 걸린 걸까? 하루라도 홈쇼핑을 보지 않으면 이상하고, 늘 충동구매를 저지르고 있으니, 중독이 맞기는 맞는 모양이다.

작은딸이 고3 때까지만 해도 좋았었는데……. 그때까지만 해도 나의 하루는 가족을 위해 해야 할 일들로 꽉 채워져 있었다. 새벽 일찍 일어나 딸을 위해 도시락을 싸고, 남편을 위해 야채즙도 만들고, 낮에는 산에 올라가 온 가족을 위해 머리를 맑게 해준다는 약수도 떠왔었다. 저녁이면 맛있는 반찬을 준비하면서 가족들을 기다렸다. 고3 생활이 힘들다며 어리광을 부리던 작은딸, 막 시작한 대학생활에 대해 미주알 고주알 엄마에게 털어놓던 큰딸, 밤이면 회사 돌아가는 얘기를 두서없이 털어놓으며 오늘 하루 수고했으니 어깨를 주물러달라던 남편이 있었다.

하지만 지금은 모든 것이 달라졌다. 남편은 임원으로 승진한 이후로 매일 매일이 긴장 상태다. 새벽 6시면 출근을 하고 늘 밤 12시가 넘어서야 집에 들어온다. 뭐가 그리 심각한지 늘 입을 꾹 다물고 고민을 한다. 무슨 일인지 물어보면 "괜찮아, 당신은 알 필요 없어"라는 말뿐이다. 가져오는 월급봉투는 전보다 두둑해졌지만, 남편과의 관계는 무미건조하기 짝이 없다.

대학교 4학년이 된 큰딸은 무슨 비밀이 그렇게 많아졌는지 곁에 다가가기만 해도 기겁을 한다. 작은딸도 덩달아 밖으로만 나돈다.

온 가족이 함께 모여 식사를 한 게 언제인지 까마득하다.

그런 나에게 만만한 친구가 뭐가 있겠는가. 언제든 버튼만 누르면 집안을 환하게 밝히며 사람 소리로 채워주는 TV밖에 없다. TV가 없으면 집안은 죽은 듯이 조용하다. 귀신이라도 나올 것 같다.

지난 크리스마스는 정말 외로웠다. 아무도 없는 집에 나 홀로 오도카니 앉아서 TV와 함께 크리스마스를 보냈다. TV에서는 신나는 캐롤송이 흘러나오고 쇼핑호스트가 빨간 산타 복장을 입고 호들갑을 떨며 뭔가를 팔고 있었다.

외로움이 뼈에 사무쳤다. 이런 좋은 날에 홈쇼핑이나 보고 있는 내가 가여워서 미칠 것만 같았다. 그런 나를 위해 선물이라도 해주자는 심정으로 나는 주문 버튼을 눌렀다. 그날 내가 산 것은 입지도 못할 8종 속옷 세트였다. 그것은 지금도 포장도 풀지 않은 채 장롱 어딘가에 처박혀 있을 것이다.

'정말 이대로는 안 돼. 내가 망가지고 있어. 누군가에게 도움을 요청해야 해.'

더 이상 자기연민에 빠져 있을 수만은 없다. 남편도 자기 인생을 살고 있고, 딸들도 다 커서 자기 인생을 찾아가고 있다. 아내로서 엄마로서 내가 해야 할 일은 이미 다 했다. 더 이상 가족들을 바라보며 채워지지 않는 가슴을 TV와 쇼핑으로 달래며 살아갈 수는 없다.

'그래, TV를 박살내고 나도 내 인생을 향해 떠나는 거야.'

방금 배달된 찜기는 비닐 포장에 싸여진 채 식탁 위에 놓여 있다. 너무나 낯설고 전혀 내 것처럼 보이지 않는 그 물건을 그대로 반품하기로 결정했다.

'어딘가 야구방망이가 있을 거야.'

나는 신발장 속에서 남편의 오래 된 야구방망이를 찾아냈다. 양손에 방망이를 움켜쥐고, 나는 TV를 내리쳤다.

쿵! 와장창창창!

브라운관이 산산조각이 나며 깨졌다. 내가 TV를 때려 부수다니, 정말 신나는 일이 아닌가!

소리를 듣고 놀란 딸이 뛰어왔다.

"엄마 뭐하는 거야?"

비명을 지르는 딸. 하지만 나는 이미 무아지경에 빠진 상태였다.

쾅! 쿵! 와장창!

지난 몇 년 동안 나의 둘도 없는 친구였던 TV와 홈쇼핑. 그 애물단지 같은 친구들을 이제 나는 영영 떠나보내고 있었다.

왜 진작 그 생각을 못했을까? 알코올 중독자는 술이 없는 산속에 들어가면 되고, 홈쇼핑 중독자는 TV를 내다 버리면 되는 것이다.

내일부터는 나의 하루가 훨씬 길어질 것이다. 할 일이 얼마나 많은가. 당장 친구들부터 만나고 싶다. 여행도 떠나고 싶다. 무엇이든 이제 하루를 나만의 스케줄로 꽉 채울 것이다.

가슴 깊은 곳에서 용기가 샘솟고 있었다.

엄마처럼은 살지 않겠다는 것

여자는 대개 엄마의 삶을 좇는다. 엄마처럼 살기 싫어서 몸부림을 치지만, 어느새 엄마의 인생을 닮아가는 자신의 위치를 깨닫고 소스라친다. 엄마 삶의 궤적에서 벗어나는 여자는 그리 많지 않다. 엄청난 노력에 따른 것이다. 하지만 그 속에는 자신의 삶을 물려주지 않으려는 엄마의 땀 내음이 진하게 배어 있기도 하다.

어린 시절. 노란 모자를 쓰고 유치원에 다니던 무렵부터 내 장래 희망은 '엄마처럼 살지 않는 것'이었다. 그 나이 또래의 아이들이 갖고 있는 선생님, 의사, 간호사 언니와는 아주 동떨어진 내 장래 희망.

'엄마처럼 살지 않을래.'

그게 무슨 의미인지는 몰라도 '어른이 되면 뭐가 하고 싶어?' 하는 사람들의 물음에 난 그냥 그렇게 대답했다.

내가 기억하는 가장 어린 시절의 기억. 그곳에 우울한 엄마의 모습이 있다. 스무 살이 갓 넘어 자신의 의지와는 전혀 상관없이 임신을 하고, 아이를 낳고 결혼을 한 우리 엄마. 아직 어려서 아무것도 모르는 나에게 엄만 이런 얘기를 했었다.

"너만 안 생겼으면 내가 이렇게 살지 않았을 텐데. 그랬다면 내 인생이 이렇게 비참하진 않았을 거야. 그러니까 넌 절대로 엄마처럼 살지 마. 좋은 사람 만나서 행복하게 살아."

그땐 몰랐다. 왜 엄마처럼 살면 안 되는지. 왜 엄마가 나를 낳고 불행해진 건지, 왜 엄마가 아빠를 만나서 슬픈 건지. 난 아빠가 좋은데 엄마는 왜 아빠를 싫어할까? 하는 궁금증만 생길뿐이었다.

그렇게 매일 반복되던 엄마의 넋두리가 사라진 건 내가 초등학교 고학년으로 올라갈 무렵이었다. 한 살 두 살 나이를 먹고 말귀를 알아들을 나이쯤 된 딸이 혹시나 자신의 말실수로 인해 비뚤어질까 우려했던 탓이었을 것이다.

하지만, 난 똑똑히 기억하고 있었다. 아니 기억하지 않으려 해도 우리 가족이 처한 현실이 그 기억들을 상기시켰다.

어린 시절 내가 유난히도 좋아했던 우리 아빠는 무능한 가장 그 자체였다. 하루가 멀다 하고 직장을 옮기고, 또 사업을 한답시고 이리저리 남들에게 치여서 집안엔 단돈 천 원 한 장 남아 있지 않았고, 친척이며 친구들한테 빌린 돈조차 갚지 못해 허덕이는 그런 사람이었다. 엄마는 늘 혼자서 바쁘게 생계를 꾸려야 했다.

스물여섯, 꽃다운 나이에 엄마는 유치원에 다니는 딸에게 세 살배기 남동생까지 맡기고 떡 장사를 다니셨다. 사람들이 많이 다니는 수원역 근처와 반월공단 부근. 혹시나 누가 알아보면 어쩌나 하는 생각에 고개를 떨구다가도 집에 있는 우리들 생각에 남들보다 더 큰소리를 내며 떡을 팔았다고 한다.

하지만, 장사를 끝내고 집에 돌아와 보면 정작 일을 해야 하는 남편은 그저 빈둥거리며 놀고, 아이들은 "엄마 왜 이렇게 늦게 왔어?" 하며 칭얼거리기만 했다. 그래서 세상물정 모르는 딸에게 '그러니까 넌 절대로 엄마처럼 살지 마' 하며 넋두리를 하신 게다. 나는 그 이유를 열두 살이나 나이를 먹은 후에 알았다.

그리고 그때부턴 막연한 생각이 아닌 다짐을 했다. 절대로 엄마처럼 살지 않겠다고.

힘들기만 하고 돈벌이는 시원찮았던 떡 장사를 그만둔 후 엄마는 우유 배달을 시작하셨다. 매일 새벽 4시. 전날의 피로조차 풀지 못한 몸으로 깜깜한 어둠을 뚫고 하는 우유 배달은 몸은 피곤했지만, 그만큼 우리 네 식구가 무난한 생활을 할 수 있을 정도의 수입을 보장해 주었다.

그 무렵 또다시 직장을 그만두고 집에서 놀던 아빠는 가끔 엄마의 일을 도왔다. 매일은 아니지만 일주일에 한두 번쯤 아빠와 같이 일을 나갔다 돌아오시는 엄마의 얼굴은 무척이나 밝아보였다. 그렇게라도 같이 일을 하면 곧 정상적인 생활을 하게 될 거란 기대 때문이었을 것이다. 그런 엄마의 모습에 나도 같이 돕겠다며 시계를 맞춰놓고 잠이 들었지만 번번이 일어나지 못해서 한 번도 도와드리지 못한 게 그때나 지금이나 얼마나 아쉬운지 모른다. 하지만 그 평온했던 시절도 삼 년을 못 넘겼다.

겨우 마련했던 방 두 칸짜리 전세금을 엄마 몰래 주인에게 받아서 또다시 사업을 구상하던 아빠가 사기를 당한 것이다. 당장 거리로 나앉을 형편이 되자 엄마는 또 하루하루를 눈물로 보내기 시작했다. 더불어 엄마의 가슴 아픈 넋두리는 배가 되었다.

처음 나를 가진 걸 알고는 혼자서 아기를 떼겠다며 간장을 한 바가지나 들이켰던 일. 외할머니가 힘들게 마련해 준 신혼살림을 하나씩 팔아서 겨우겨우 셋방살이 생활을 했던 일. 동생을 낳고 나서 미역국은커녕 쌀을 살 돈도 없어서 국수로 빈속을 달랬던 일. 스물여섯 그 젊디젊은 나이에 길거리에 앉아서 떡을 팔던 일. 여기저기서 들이닥치는 빚쟁이들에게 수난을 당했던 일. 그리고 서른에 낳았던 막내딸에 대한 얘기까지. 엄마의 한스런 얘기는 너무나 슬펐다.

못사는 형편에 자식 셋은 키우기 힘들 거라며 억지로 입양을 보낸 막내의 얘기는 나도 모르던 충격적인 사실이었다. 물론 엄마가 동생을 가졌던 건 알았지만, 아기가 아파서 낳자마자 하늘나라로 갔다는 어른들의 말을 곧이곧대로 믿어왔던 나였는데. 너무나 충격적이었다.

그 아이의 얼굴 한 번 못 보게 한 채 입양을 보내버린 친척들 때문에 엄마는 죽음까지도 생각했었다고 한다.

"그럼, 차라리 우리 다 버리고 엄마 혼자 나가서 살지! 뭐 하러 참고 살았어!"

그날 처음으로 엄마에게 대들었다. 엄마의 삶에 동정이 가기보다는 그런 삶을 살면서도 우리 곁을 떠나지 못하고 바보처럼 참기만 했던 그 모습이 미련스럽고 미워서.

이제 와서 생각해 보면 그 당시 내가 엄마에게 느꼈던 미움은 아마도 같은 여자로서의 연민이 아니었나 싶다.

그렇게 또다시 눈앞에 닥친 암담한 현실에 좌절했던 엄마는 어느 날 갑자기 아무 일도 없었다는 듯 툭툭 털고 일어나서 이모네 가게 일을 도와주며 돈을 벌기 시작했다.

남 보기 창피하다며 절대 나가지 말라는 아빠의 윽박지름에도 굴하지 않고 산더미 같은 설거지에 청소에 온갖 궂은일을 도맡아 해가며 우리 학비를 대주고 살림을 꾸려가신 것이다. 몇 년의 세월이 흐른 후, 우리 집이 기반을 잡고 남들처럼 외식도 하고 여가를 즐길 때쯤 아빠가 돌아가셨다.

한평생 엄마를 힘들게만 하고, 돈 한 푼 못 벌어다 주며 한량처럼 술과 친구하던 아빠가 돌아가시던 날. 엄마는 너무나 서럽게 우셨다. 그동안 쌓인 한을 다 풀어버릴 것처럼 통곡을 하셨다. 그리고 또 힘든 순간마다 넋두리처럼 하셨던 그 말들을 내 앞에서 꺼내놓으시며 마지막엔 꼭 이 말을 빼놓지 않고 당부하셨다.

"넌 절대로 엄마처럼 살지 마라. 꼭 네가 하고 싶은 거 다 해보고. 다 했다 싶으면 좋은 사람 만나서 연애도 하고 결혼도 해라. 절대 엄마처럼 살지 마라. 꼭 좋은 사람 만나서 행복하게 살아야 한다."

엄마의 그 말속엔 무수히 많은 뜻이 숨겨져 있었다. 아빠를 만나서 산 세월이 힘들긴 했지만, 그렇다고 아빠를 원망하는 것도 아니고, 나를 가져서 억지로 한 결혼생활이 서러웠지만 그렇다고 딸에게 책임을 묻는 것도 아니고, 그저 내 딸만은 하고 싶은 대로 맘껏 날개를 펴고 날 수 있기를 바라며, 좋은 사람 만나 행복한 결혼생활을 하길 바라신 것이었다.

덕분에 그 딸은 스무 살 시절엔 남들보다 더 많은 경험을 해서 더 넓은 시야를 갖게 되었고, 그 경험을 바탕으로 사회에서 인정을 받으며 자신의 일을 갖게 되었고, 또 좋은 사람을 만나서 사랑을 하고 결혼을 하게 됐다.

요즘 엄마는 이렇게 말씀하신다.

"네가 행복하게 사는 걸 보고 있으면 내 지난날이 하나도 후회되지 않는다."

무능한 남편과 사는 게 지독하게 힘들었지만, 살면서 든 정이 너무 깊어 떠나질 못했고, 엄마에게만 매달리며 사는 두 자식을 차마 버리지 못해 참고 산 세월의 보답이 그저 딸자식 행복하게 사는 거라는 엄마.

엄마의 뜻이 고맙고, 행복한 여자로 살지 못했던 엄마의 지난날이 서글퍼 눈물이 난다. 그동안 한 번도 말 못했지만 오늘은 엄마에게 이 말을 꼭 하고 싶다.

"엄마, 저는 절대 엄마처럼 살지 않을 게요. 존경합니다. 사랑해요. 엄마."

비교의 함정에 빠진다는 것

줄자를 항상 가지고 다니는 여자들이 있다. 만나는 사람마다 자를 들이밀어, 길고 짧은 것을 재봐야 직성이 풀린다. 이것은 위험천만한 일이다. 모든 면에서 남보다 빼어날 수는 없는 노릇이다. 다른 사람의 마음에 상처를 입히고, 결국에는 스스로를 아프게 한다. 더욱 중요한 것은, 행복이란 놈의 잣대가 제각각이어서 길고 짧음을 잴 수 없다는 것이다.

오늘은 ××여고 9회 3학년 6반 부부동반 동창회가 있는 날.

약속 장소인 ○○호텔 샹젤리제 룸은 만찬을 준비하는 호텔 스태프들의 발걸음으로 분주하다. 꽃과 얼음 장식으로 화려하게 장식된 홀 안에는 테이블마다 샴페인과 와인 글라스가 화려했다.

나는 남편과 함께 정확히 7시에 도착했다. 나는 오늘 동창회를 위해 특별히 드레스를 맞춰 입고 진주 목걸이에 밍크 숄까지 걸쳐 우아함을 강조했다. 남편 역시 블랙 정장에 빨간 물방울 넥타이로 포인트를 준 모습이 세련된 느낌이다.

이 정도면 우리 부부, 멋있어 보이겠지. 오랜만에 만나는 친구들. 남편과 나는 반갑게 인사를 했다. 모두들 잔뜩 빼입고 나온 화려한 모습이다.

나는 자리에 앉아 연회장을 유심히 둘러보았다. 테이블이 거의 다 찼는데도 수진이의 모습은 보이지 않았다.

수진이. 내 인생 최고의 친구이자 라이벌……

고등학교 때부터 그랬다. 우리 둘은 가장 친한 단짝이면서 1, 2등을 다투는 라이벌이기도 했다. 우리는 나란히 대학에 합격했다. 나는 여대에, 수진이는 남녀공학이었다. 학교 위치도 가까워서 자주 만나서 밥을 먹고, 많은 이야기를 주고받았다.

하지만 졸업하면서부터 우리는 다른 길을 가기 시작했다. 나는 대기업 비서실에 입사하여 3년 정도 일한 후, 열심히 선을 봐서 지금의 남편을 만났다. 공부를 다시 하고 싶은 마음도 있었지만, 남편의 청혼이 너무나 간곡했고, 또 일보다는 가정이 우선이라는 부모님의 말씀도 무시할 수 없었다.

남편은 꽤 큰 기업을 운영하는 사업가의 아들로, 머지않아 아버님의 사업을 물려받을 후계자였다.

나는 친구들이 부러워할 만한 화려한 결혼식을 올렸다. 하지만 수진이는 나를 전혀 부러워하지 않았다. 다른 친구들이 하나 둘 결혼에 대해 고민하고 열심히 선을 보고 있었지만, 수진이는 그런 쪽에 전혀 관심이 없었다.

너무 똑똑해서일까. 수진이는 대학원에서 여성학을 전공하더니, 내 결혼식에 참석하고 며칠 후 유학을 간다며 뉴욕으로 떠났다.

다시 수진이를 만난 것은 7년 후 TV를 통해서였다. 여성학 박사가 되어 유명 대학의 교수로 화려하게 컴백한 수진이. 여성 관련 프로그램마다 수진이를 초대하려고 안달이라는 신문 보도도 있었다. 지성과 미모를 겸비한 젊은 여교수. 똑똑하고 세련되고 유머 감각까지 갖춘 멋진 여성.

수진이는 곧 동창회에 얼굴을 드러냈다. 대부분 주부로 살아가는 동창들 사이에서, 수진이는 누구에게나 자랑하고 싶은 대단한 친구였다.

그때 수진이가 나타나면 내 자신이 왜 그리도 초라해 보이는지. 한때 라이벌로 팽팽하게 경쟁하던 우리의 모습은 지금 너무나 달라져 있었다. 수진이는 최고 직업의 여성이 되었고, 나는 그저 아이 키우느라 진이 다 빠진 펑퍼짐한 아줌마일 뿐이었다.

괜한 질투심에, 나는 동창회에서 수진이와 만날 때마다 다소 과장스럽게 내 결혼생활을 자랑하곤 했다.

"우리 남편은 정말 나한테 잘 해줘."

"애 키우는 게 얼마나 재밌는데. 여성학 공부하면 뭐하니? 애도 키워보지 않고 여자를 어떻게 이해해?"

그리고 대화의 끝에는 늘 수진에게 이런 질문을 했다.

"넌 언제 결혼할 거니? 그렇게 혼자 늙으면 나중에 무척 외로울 텐데."

더 쾌활한 척, 행복한 척, 나는 수진이 앞에서 내 자존심을 지키기 위해 필사적이었다.

하지만 어느 순간부터였을까? 수진이의 화려함이 빛을 바래기 시작했다. 나이 오십이 넘으면서부터일 것이다. 늘 당당하고 멋진 박사님이었던 수진이가 이제 서서히 초라해 보이기 시작한 것이다. 미모는 사라지고, 매스컴의 스포트라이트도 사라졌다. 박사라는 타이틀이 남아 있지만, 수진이는 홀로 외롭게 늙어가는 중년의 여자일 뿐이었다.

남편도 없이, 자식도 없이, 오십이 훌쩍 넘어버린 수진이……. 그녀의 화려함이 더 이상 부럽지 않았다.

그에 비해 나는 어떤가. 벌써 큰딸이 대학을 졸업하고 유학을 준비 중이고, 아들은 대학 2학년을 휴학하고 군대에 가 있다. 아이들이 다 컸으니 시간적 여유도 많아져서 골프도 치러 다니고 취미 생활도 즐기게 되었다. 남편이 아버지의 사업을 물려받아 사장이 되었으니 어디를 가도 사모님 대접을 받는다.

남편 잘 만난 덕분에 왕비 대접 받으며 좋은 집에서 편안하게 살고 있는 나. 하지만 수진이는 지금도 일을 해야 먹고 사는 월급쟁이이고 시장에 가면 아줌마 소리를 듣는다.

누가 더 좋은 걸까? 남편 잘 만나 호강하는 내가? 혼자 성공했지만 외롭게 늙어버린 수진이가?

한때는 수진이의 성공이 부러웠지만, 이제 억만금을 준다 해도 내 자리를 수진이와 바꾸고 싶은 마음이 없다.

여자 인생이란 이런 걸까? 여자가 혼자서 아무리 잘나봐야, 결국에는 잘난 남편을 가진 여자보다 행복해지기 어려운 것일까.

지금 눈앞에서 벌어지고 있는 동창회도 그렇다. 경제적으로 여유롭지 못한 남편을 만난 아이들은 이 동창회에 오지 않았다. 몇 년 전까지 동창회에 잘 나오던 친구 몇몇도 남편의 사업 파산이나 실직 이후로 연락을 뚝 끊어버렸다.

어떤 남자를 만나느냐에 따라 모든 것이 결정되어 버리는 여자의 인생. 정말 여자의 인생이란 이런 것일까. 수진이를 생각하면 미안하기도 하고, 안쓰럽기도 하고, 마음이 복잡해진다.

이래서 모든 엄마들이 딸을 좋은 집안에 시집보내려고 혈안인 모양이다. 유학을 가겠다는 딸에게 나 역시 "유학도 유학이지만 좋은 남자 만나는 게 더 중요해"라고 말하고 있으니 말이다.

도대체 뭐가 옳은 걸까? 자아실현? 꿈? 성공? 아니면 능력 있는 남편? 화목한 가정? 여자가 스스로 자기 삶을 개척해야 한다는 건 한때의 꿈일 뿐일까? 현실에서 여성의 삶은 여전히 남자에 의해 좌우되고 있으니 말이다.

홀 입구에 수진이가 보인다. 오늘은 수진이 가슴 아프게 하는 얘기는 꺼내지 말아야겠다.

나이를 자각한다는 것

나이가 드는 것은 어린 시절의 철없음에 대한 일종의 벌이다. '빨리 어른이 되었으면' 하고 빌었던 소원이 받아들여져 세월이 그토록 빠르게 질주해 갔던 것이다. 철이 들어 제대로 살아볼 만하니까 할머니 소리를 듣게 된다. 지금부터라도 후회할 일을 줄여야겠다.

"할머니, 할머니!"

초등학생 아이들 몇 명이 뒤에서 누군가를 큰 소리로 부른다. 모른 척하고 지나가려는데, 이번에는 더 큰 소리로 부른다.

"아이 참, 할머니!"

무슨 일일까? 돌아보니, 아이들이 나를 바라보고 있다.

"나? 지금 나를 부른 거니?"

한 아이가 성큼성큼 다가오더니 만 원짜리 지폐 하나를 내민다.

"이거 할머니 호주머니에서 떨어졌어요. 아까 저쪽에서부터 불렀는데 할머니가 돌아보지 않고 계속 가서서 여기까지 따라왔잖아요."

고맙다는 말이 나와야 하는데, 나는 그 자리에서 망치로 뒤통수라도 한 대 맞은 사람처럼 얼이 빠져 서 있었다.

아이들은 냉큼 뒤돌아 저희끼리 재잘재잘 떠들며 사라졌다. 어린 아이는 거짓말을 안 한다던데, 그렇다면 내가 정말 할머니?

나를 할머니라고 부르다니…….

처음으로 아줌마라는 소리를 들었을 때보다 훨씬 더 충격적인 사건이었다.

이제 아줌마에서 할머니로 넘어가는 건가?

아줌마라는 소리에 펄쩍 뛰었던 초보 주부 시절을 지나, 내놓고 펄쩍 뛰지는 못했지만 마음속으로 분노를 억누르던 30대가 있었다. 그 후 40대부터는 서서히 내가 아줌마임을 인정하기 시작했고, 50대인 지금은 아줌마라 불리는 것이 자연스럽다.

하지만 할머니라니……. 나는 아직 준비가 안 됐는데.

친구들 중에는 자식을 일찍 결혼시켜 손주를 보아 본의 아니게 할머니가 된 친구들이 더러 있다. 그런 친구들조차도 할머니라 불리는 것이 낯설고 이상하다고 하건만…….

멍한 정신으로 몇 발짝 걷다가, 쇼윈도에 비치는 내 모습을 보았다. 염색이 오래되어 듬성듬성 흰머리가 보인다. 길고 헐렁한 치마, 어깨에 걸친 시장바구니. 그 모습은 영락없는 할머니였다.

그렇구나. 이 정도면 할머니라 부를 만도 하겠구나. 가까운 시장에 가는 길이라 집에서 입던 그대로 나왔던 게 잘못이었다.

괜찮아. 염색하고 잘 차려 입으면 다신 할머니란 소리 안 들을 거야.

친구의 이야기가 떠올랐다. 어느 날 옆집 사는 꼬마 아이가 허리를 굽히며 "할머니 안녕하세요?" 하고 인사를 하더란다.

그래서 "내가 어디 할머니로 보이니? 담부터는 아줌마라고 해!"라고 화를 냈더니, 그 다음부터는 공손하게 "아줌마 안녕하셨어요?" 하더란다.

나도 그렇게 화라도 낼 걸 그랬나?

그런데 우리나라는 애고 어른이고, 왜 꼭 호칭을 넣어서 사람을 부르는 걸까? 외국에서는 그냥 '익스큐즈 미' 하면 되는데, 한국에서는 아가씨, 아줌마, 할머니로 외모에 따라 구분을 한다.

방금 전 나를 할머니로 불렀던 그 아이도 언젠가는 길거리에서 누군가에게 아저씨라 불려 기분이 상할 것이고, 할아버지라는 말에 충격을 받을 것이다.

그러고 보니, 아무 격식 없이 그저 '헬로', '헤이' 하며 말을 거는 서양 사람들이 현명해 보인다. 그 나라에서는 적어도 지나가는 꼬마한테 할머니라 불려 마음에 상처를 받는 사람이 없을 테니 말이다.

할머니란 소리를 처음 들은 오늘, 나는 이민이라도 가고 싶은 심정이다.

잃은 대신 얻은 것을 살펴본다는 것

세상은 공평하다. 무엇인가를 잃는다는 것은, 그 대신 새로운 기회가 생겼음을 의미하는
것이기도 하다. 오로지 잃기만 하는 일은 그리 많지가 않다. '여성'을 잃는 시기. 또 다른
여성으로서의 삶이 다가온다. 언제나 새로운 출발점은 열려 있다. 그 출발점을 찾는 것은
바로 우리의 몫이다.

　내 나이가 100의 절반으로 정확히 잘리던 해에, 나는 흔히 말하
는 갱년기 증상에 시달리기 시작했다.

　시도 때도 없이 얼굴이 화끈거리고, 밤에 잠을 못 이룬 채 뒤척
거리고…….

　덜컥 겁이 나서 남편을 보채 유방암 검사부터 받으러 갔다. 친
구 중에 유방암에 걸려 한쪽 가슴을 도려낸 친구가 있었다. 다행
히 유방은 멀쩡했다. 하지만 의사는 나에게 생활의 불편함부터 없
애야 한다며 여성호르몬제를 처방해 주었다.

　약을 먹으니 몸은 어느 정도 회복되었지만, 마음만큼은 쉽지 않
았다. 여자로서 끝장이 났다는 생각에 우울한 마음을 접을 수가

없었다. 마치 내가 살아온 삶이 송두리째 부정되는 느낌이었고, 내 몸이 생명이 없는 텅 빈 그릇처럼 느껴졌다.

내가 작은 일에도 감정을 주체하지 못하고 자꾸만 눈물을 흘리니, 남편은 어쩔 줄을 몰라 했다. 나는 위로를 필요로 하는데, 남편은 위로의 방법을 몰랐다. 그저 진땀을 흘리며 "약은 먹었냐?", "병원에 가자"는 말만 되풀이할 뿐.

"당신도 이제 나를 아무짝에도 쓸모없는 늙고 병든 환자라고 여기는 거지?"

만만한 게 남편이니, 나는 모든 신경질을 그에게 쏟아 부었다. 아이들도 슬금슬금 내 눈치를 보았고, 집안 분위기는 살얼음판이었다.

폐경기. 뭐가 대수인가 했었는데 이토록 엄청난 폭풍우일 줄이야……. 너무 허탈하고, 억울하고, 원인 모를 분노가 치솟았다. 나는 거의 정신적 공황상태에 빠져서 어디서부터 어떻게 손을 써야 할지 몰랐다.

그러던 어느 날, 남편이 아무 말 없이 봉투 하나를 내밀었다.

"뭐예요?"

열어보니 공연 티켓 두 장이 들어 있었다. 「메노포즈」라는 생소한 제목. 뮤지컬이라는 것밖에는 아무것도 알 수 없었다. 의아한 표정으로 남편을 보았다.

"토요일이잖아. 집에 있느니 바람도 쐬고, 오랜만에 문화생활도 즐기자구."

그렇게 아주 오랜만에 남편과 함께 공연장을 찾았다. 뮤지컬이니까 젊은 사람들로 바글거릴 줄 알았는데, 생각 외로 중년부부가 많고, 아줌마들끼리 단체로 온 경우도 많은 듯했다.

'도대체 어떤 뮤지컬이길래 부부들이 이렇게 많을까?'

남편이 설명을 안 해주니 호기심만 커졌다.

드디어 무대가 열렸다. 4명의 중년 배우가 한꺼번에 쏟아져 나오더니 까만색 란제리 하나를 둘러싸고 서로 사겠다며 다투기 시작했다. 치열한 말싸움과 몸싸움 끝에 서로를 알게 되고, 이들은 하나 둘 자신의 사연을 털어놓으며 친구로 발전한다. 네 사람의 공통점. 그것은 폐경을 맞은 중년여성이라는 것이었다.

남편이 나를 데려온 곳은 메노포즈menopause, 즉 폐경기 중년여성의 위기와 희망을 담은 뮤지컬 공연장이었던 것이다.

90분 남짓의 시간 동안, 나는 울고 웃으며 넋이 빠져 연극에 몰입했다. 안면홍조, 식은땀, 주름살, 호르몬……. 내가 경험한 폐경기의 모든 증상들이 아줌마들의 수다로 쏟아져 나왔다. 남편과 가족에 대한 불만, 인생에 대한 회한 등도 거침없이 표출되었다. 마치 내가 무대 위에 올라가 하고 싶은 말을 다 하는 것 같은 시원한 대리만족을 느낄 수 있었다.

신나게 웃고 떠드는 공연이었지만, 연극이 끝나갈 무렵 나는 한 가지 깨달음을 얻고 있었다. 폐경은 여성성을 잃어버리는 시기가 아니라, 여자로서 완성되는 '완경完經'의 시기라는 것을. 더 멋지고 완벽한 여성으로 꿈틀꿈틀 탈바꿈하는 시기라는 것을.

막이 내릴 무렵, 나의 눈시울은 뜨겁게 젖어 있었다. 그때 남편이 내 손을 꼭 잡아주었다.

"당신이 어떤 마음이었는지 이제야 좀 이해할 것 같아. 정말 미안해."

"아니에요. 내가 너무 바보 같았어요. 나 혼자만 겪는 일도 아닌 것을 괜히 여러 사람 괴롭히고……."

울먹울먹 목소리가 젖어들고, 남편은 나를 꼭 안아주었다.

이상했다. 새삼 여든이 가까운 엄마의 얼굴이 떠오른 것이다. 엄마도 분명히 지금 내가 겪고 있는 이 어려운 시기를 겪었을 텐데, 어떻게 나에게 티 한 번 내지 않았을까? 50대 이후로 부쩍 뜨개질을 하며 혼자만의 세계로 열심히 빠져들던 어머니. 어머니의 그 모습이 완경기의 허무함을 다스리는 당신만의 방식이었을까?

지금도 어머니의 뜨개질은 계속되고 있다. 솜씨도 수준급이어서 동네 양품점에 아기들이 입는 조끼, 스웨터, 모자 등을 납품하기도 하신다.

나는 무엇을 할 수 있을까? 이제 울고만 있지 말고 정말 나 자신을 위해 뭔가를 해야겠다. 새로운 내 삶을 계획하며, 나는 남편의 품에 안겨 뜨겁게 다짐하고 있었다.

다시 독립을 선언한다는 것

세상이 뒤바뀐 지 오래다. 자식들의 부양을 받는 것이 더 이상 자랑이 아니다. 요즘 부러움을 받는 노년 여성들은 따로 있다. 며느리 눈치 안 보고 인생을 즐기는 부류다. 얼마 남지 않은 인생을 며느리와의 신경전에 허비하고 싶은 시어머니는 없다. 당당하게 독립선언을 선수 치는 시어머니들이 늘고 있다.

큰아이의 결혼을 앞두고 집안 분위기는 한없이 어두워지고 있었다.

이유는 아들의 '분가' 때문이었다. 처음에는 고분고분 함께 들어와 살겠다던 아들의 애인이 결혼식을 앞두고 말을 바꾼 것이었다. 아들은 제 색시 하자는 대로 해주면 안 되겠냐고 우리에게 사정을 했다.

"딱 3년만 둘이 살게요. 그 후에는 꼭 들어와서 어머니 아버지 모실게요."

남편은 노발대발이었다. 계속 분가를 고집하면 결혼식이고 뭐고 가지도 않을 것이고, 며느리 얼굴도 안 보며 살겠다는 것이었

다. 아들은 이러지도 저러지도 못하고 색시와 아버지 사이에서 우
왕좌왕했다.

"전셋집은 어떻게 마련할 거니?"

내가 걱정스럽게 묻자 아들은 우물쭈물하더니 말했다.

"……처가에서 도와주신데요."

이 말에 남편은 입을 굳게 닫고 돌아앉았다. 자존심이 높은 양
반인데, 아들을 빼앗기고 처갓집 도움까지 받아야 한다니, 있을
수 없는 일이었다.

남편은 고지식한 사람이다. 유교 분위기가 강한 집안에서 태어
나 어려서부터 종손 교육을 철저히 받았다. 그는 하늘이 두 쪽 나
도 자식이 부모를 모셔야 한다고 생각하는 사람이고, 자식의 부양
을 받으며 편안한 노후를 즐기는 것이 부모의 권리라고 생각하는
사람이었다.

그는 아들에게 늘 이렇게 말했다.

"내가 평생 너를 힘들게 길러주었으니, 너도 반드시 우리를 모
시거라."

이 말에 아들은 찍소리도 못하고 고개 숙이며 "예, 아버지"라고
대답했었다.

하지만 그렇게 평생 교육을 했어도, 시대가 달라진 건 어쩔 수
없는 모양이다. 사랑하는 색시가 모시기 싫다고 하니, 아들의 마
음도 변해 있었다.

등을 돌리고 돌아앉은 남편의 어깨는 늙고 초라해 보였다. 평생

을 믿어온 신념이 아들의 결혼 앞에서 무너지고 있었으니, 그의 마음이 얼마나 허무할지 이해 못하는 것도 아니었다.

"여보."

나는 조용히 말을 걸었다.

"우리 그냥 아이들 내보내고 단둘이 편하게 살아요."

놀라서 돌아보는 남편. 그의 표정이 '그런 말도 안 되는 소리를 왜 하느냐'고 내게 묻는다.

"저는 그게 좋겠어요. 새아기 들어오면 서로 아무리 잘한다 해도 불편할 게 뻔하잖아요. 저는 당신하고 단둘이 그냥 편하게 살았으면 좋겠어요."

"당신 그게 무슨 소리야?"

남편은 이해할 수 없을 것이다. 남자들은 죽었다 깨어나도 이해 못하는 이야기다.

"저를 보세요. 저 결혼하고 25년 동안 시부모님 모시느라 숨 한 번 시원하게 내쉰 적이 없어요. 두 분 돌아가시고 이제 좀 편하게 산다 싶은데, 새아기 맞아서 또 눈치 보며 살고 싶지 않아요."

"당신 지금 제정신이야? 자식이 부모 모시는데 불편한 건 뭐고 눈치는 또 뭐야? 말이 되는 소리를 해야지!"

결국 남편의 성질만 돋우고 말았다. 하지만 나는 오늘만큼은 할 말을 해야겠다고 마음을 굳게 먹었다.

"여보, 제 얘기 좀 들어주세요. 저 시부모님 모신 거 당연한 도리라고 생각했고, 한 번도 억울하게 생각한 적 없어요. 하지만 이제 시대가 바뀌었어요. 주위를 좀 둘러보세요. 요즘 아이들, 더 이상 시부모님 모시기 싫어해요. 모시긴 해도, 죄다 갈등하고 싸우면서 살아요. 며느리랑 같이 사는 친구들, 본인 입으로는 좋은 시어머니인 척해도 죄다 며느리 구박하지 못해 안달이에요. 노후 생활을 며느리 괴롭히는 재미로 살아요. 전 그렇게 살고 싶지 않아요. 그게 뭐예요? 행복하게 살아야 할 노후를 스스로 망치고 있는 거잖아요."

아무 말이 없는 남편. 나는 그의 어깨를 살며시 잡았다.

"여보, 나는 못된 시어머니로 늙어가고 싶지 않아요."

"당신이 왜. 당신처럼 착한 여자가 어디 있다고……."

"그래도, 모르는 일이에요. 시어머니가 되면 못나게 굴 수도 있어요."

"거, 참……."

착잡한 얼굴로 고개를 푹 숙인 남편. 나는 손을 뻗어 그의 머리를 쓰다듬었다.

"여보, 아이들은 지들끼리 알콩달콩 행복하게 살라고 합시다. 우린 우리끼리 재밌게 살고요."

"다 늙어서 마누라하고 뭐가 재밌데?"

나는 그의 볼을 힘차게 꼬집었다.

"그럼 다 늙어서 마누라하고 놀지 누구하고 논대요?"

남편이 그제야 희미하게 웃었다.

그로부터 세 달 후, 아들은 결혼을 했다. 집에서부터 자동차로

약 20분 거리에 예쁜 보금자리도 얻어주었다.

며느리는 따로 살게 해주서서 고맙다며 주마다 2, 3일은 꼬박 찾아온다. 남편의 마음은 며느리 애교에 이미 봄눈 녹듯이 풀린 지 오래다.

서로 미워하며 같이 사는 고부관계보다, 비록 거리는 떨어져 있어도 늘 마음으로 챙겨주는 지금의 고부관계가 나는 훨씬 좋다.

며느리와 함께 사는 내 친구들은 지금도 며느리가 국을 잘 못 끓이고 다림질 솜씨가 엉망이라고 투정을 부리고 있다.

나는 며느리가 국을 어떻게 끓이는지 살림을 어떻게 하는지 알지도 못하고 관심도 없다. 국이야 지들끼리 알아서 끓여 먹으면 그만이고, 나는 내 남편과 맛있게 끓여 먹으면 그만이다. 가끔 며느리가 나에게 북어국을 어떻게 끓이냐고 물어오면 내가 아는 비법을 가르쳐줄 뿐이다.

3년 후에는 합치겠다고 말하는 며느리. 하지만 나는 3년 후가 되어도 우리 남편과 단둘이 편하게 살아갈 생각이다.

이별을 준비한다는 것

헤어짐을 준비하는 데는 모진 용기가 필요하다. 집요하게 파고드는 슬픔과 회한을 가슴 속에 묻어두고서야 이별 앞에 서게 된다. 여자는 슬픔에 강한 내성을 지니고 있다. 살아오며, 시달려오며 눈물에 익숙해졌기 때문일까. 이별을 받아들이고 그 앞에 의연하게 선다. 그리고 더욱 강해진다.

"남편 죽을 날 받아 놓은 사람이 얼굴에 화장할 여유도 있군."

"쉿! 쟤 듣겠다. 목소리 낮춰라."

커피를 뽑아오기 위해 입원실 문을 나서는데, 뒤에서 아주버님의 화난 목소리가 들려왔다. 그리고 아주버님을 말리는 어머님의 조심스러운 목소리도.

남편은 위암 말기다. 의사는 6개월을 못 넘긴다고 했지만, 지금까지 거의 2년 정도 투병생활을 했다. 입원은 지금이 네 번째다. 의사는 아무래도 이번이 끝인 것 같다고, 마음의 준비를 단단히 하라고 내게 일러두었다.

오늘이든 내일이든, 남편은 죽을 수 있다. 벌써 2년 동안이나 죽

음을 가까이 느끼며 살다보니, 이제 하늘이 무너질 것 같은 막막
함도, 남편 없이는 살아갈 수 없을 것 같은 슬픔이나 두려움도, 모
두 사라졌다. 남편의 죽음은 당연한 것이고, 어쨌든 나는 아이들
과 함께 계속 살아가야 한다.

그래서일까? 남편이 병을 앓기 시작한 초기와는 달리, 지금 나
의 삶은 크게 흐트러지지 않았다. 처음에는 먹지도 못하고 집안
살림이며 아이들 보살피는 일이며 모든 일이 엉망이었는데…….

지금은 모든 게 정상이다. 몇 달 전부터는 약수터 산책도 다시
시작했다. 동창회에도 얼굴을 내밀었다. 남편도 나에게 걱정하지
말고 열심히 나다니라고 등을 떠민다.

하지만 시댁 식구들에겐 이런 내가 이상하게 비쳐지는 모양이
다. 늘 하던 화장인데도 흠이 되고, 울지 않는 얼굴도 흠이 된다.

억지로라도 슬픈 척 과장을 해야 하는 걸까? 죽음이 생활이 되
면, 슬퍼할 여유도 없다는 걸 모르는 걸까?

지금 내 상황에서는 슬픔은 사치일 뿐이다. 강해지는 것, 편안
해지는 것, 남편의 죽음을 편안한 마음으로 기다리는 것이 내가
할 수 있는 최선이다.

그를 떠나보내는 것이 슬프냐고? 물론 슬프다. 다만, 이제 슬픔
에 익숙해졌고 그를 떠나보낼 마음의 준비가 되어 있는 것뿐이다.

처음 6개월은 울기만 했었다. 하지만 사람이 슬프다고 2년 동안
내내 울고만 있을 수는 없었다. 울음 속에 이따금 웃음이 찾아왔
고, 이제 슬퍼도 울지 않을 힘이 생겼다.

불의의 사고로 하루아침에 남편을 잃는 여자들도 있는데, 나에게는 준비할 시간이 허용되었으니, 오히려 고마운 일인 것 같다.

지금은 그저 기도를 드린다. 내 남편 가는 길 좀 더 편안하게 해 달라고. 고통 없이 마음 편히 가시게 도와달라고 기도를 드린다.

며칠 전에는 형님에게서 전화가 왔다. 남편이 다시 입원했다는 소식을 듣고 위로해 주려고 전화하셨나 했는데, 그게 아니었다.

용건은 땅이었다. 아버님이 돌아가시기 전에 그이 앞으로 옮겨 놓은 땅이 있었다. 그저 명의만 빌려드린 것이었고 어차피 형제들이 다 나눠 가질 땅이었다.

"나중에 곤란해지기 전에 우리 그이 이름으로 옮겨 놓는 게 좋지 않을까? 이대로 가시면 법적으로 우리는 권리가 없어지는 거라서 말이지……."

"예, 형님. 그렇게 할게요."

나는 남편에게 말하고 얼른 아주버님 앞으로 명의를 변경했다. 당연하다는 걸 알면서도, 야속한 마음이 드는 건 어쩔 수 없었다. 동생 걱정에 매일 병원에 오다시피 하시는 아주버님도 뒤로는 땅 문제를 챙기고 있었던 것이다.

도대체 누가 더 슬퍼하는 걸까? 얼굴에 화장하기를 멈추지 않는 내가? 땅 문제부터 해결하자는 아주버님 부부가?

결국 우리 모두 그의 죽음 이후를 준비하고 있는 것이다.

다른 건 몰라도, 이제 남편이 가버리면 우리 가족, 이 세상 살아 가기가 더 험해질 것이라는 건 안다. 더 이상 우리를 보호해 주는 남편이 없을 테니까. 그동안 남편은 우리 가족의 보호막이자 우산이었다. 힘들 때는 그 우산 속으로 뛰어들기만 하면 남편이 다 알아서 해주었다. 덕분에 나와 아이들은 다치지 않았다. 가끔씩 다치기도 했지만, 그래봤자 작은 생채기 정도였다.

이제부터는 보호막 없이 맨살을 내놓고 살아가야 한다. 메가톤급 태풍에도, 살을 에는 비바람에도, 스스로 맞서야 한다. 과연 나에게 아이들의 보호막이 되어줄 힘이 있을지, 그게 걱정이다.

그와 함께 했던 지난 30년이 주마등처럼 떠오른다. 나에게 청혼을 하던 그의 수줍은 목소리, 결혼 초야에 신혼여행을 못 가 미안하다며 내 손을 꼭 잡던 그의 따뜻했던 손, 첫아이가 태어나던 날 병원이 떠나가라 환호성을 질렀던 그의 목청, 한푼 두푼 열심히 모아 10년 만에 떠났던 제주도 여행에서 환하게 웃던 얼굴, 평생 단 하루도 쉬지 않고 가족을 위해 성실히 일해 온 그의 삶.

지난 2년 동안 간병인의 도움 없이 내 손으로 그의 병 수발을 했던 것은, 그것이 아내로서 누릴 수 있는 최상의 기쁨이기에, 오직 나만이 가질 수 있는 신성한 권리이기 때문이었다.

'더도 덜도 말고 나는 당신의 절반만큼만 할 수 있으면 좋겠어요. 당신의 빈자리, 내가 빈틈없이 채울 수 있었으면 좋겠어요. 내가 너무 욕심이 많은 걸까요?'

나는 조용히 다짐해 본다. 강한 여자가 되겠다고.

늦깎이 친구를 만든다는 것

취미라는 친구는 언제든 친해질 수 있어서 편하다. 이 친구는 먼저 세상을 떠나지도, 토라지는 법도 없다. 언제라도 부르면 다가와 곁에서 즐거움을 준다. 잠시 소홀해도 불평하는 법이 없다. 취미가 일상이 되면 노여움이 없어서 좋다. 내려주었던 사랑에 대한 기대 심리를 취미에의 몰입으로 잊을 수 있다.

　내 나이 올해로 쉰일곱. 남편과 단둘이 살고 있다. 2년 전에는 큰아들을 장가 보내 예쁜 며느리도 보았고, 작년에 손녀가 태어나 정식으로 '할머니'가 되었다.

　아이들이 결혼 때문에, 또 학업 때문에 떠난 이후로 우리 부부의 생활은 단순해졌다. 아침 일찍 일어나서 아파트 단지를 산책하고, 같이 뒹굴며 TV를 본다. 오후 시간에는 남편은 기원에서 바둑을 두며 보내고, 나는 집안일을 조금 하고 구민회관에 나가서 노인들 급식 일을 돕기도 한다.

　그런 일상이 반복되던 어느 날이었다. 산책을 마치고 집에 들어와 라디오를 듣는데, 맑고 청아한 피아노 연주곡 하나가 들려왔다. 굉장히 익숙한 멜로디. 베토벤의 「엘리제를 위하여」라는 걸 어렵지 않게 떠올릴 수 있었다.

"여보, 저 곡 생각나요? 우리 연주가 열 살 때 짧은 손가락을 댕강거리며 치던 곡이잖아요."

"그랬나?"

"하도 많이 쳐서 연주가 틀리면 내가 직접 교정까지 봐주곤 했었잖아요."

"당신이? 피아노도 칠 줄 모르면서 무슨 교정?"

"당신 모르세요? 그때 아이들이 치는 거 어깨 너머로 보면서 저도 몇 곡 칠 수 있었어요. 신기한 게, 자꾸 들으니까 귀가 열리고 손가락도 움직입디다."

"그래? 거 참 신기하네."

대화는 이쯤에서 끊길 수도 있었다. 하지만 나는 추억에 취해 말도 안 되는 소리를 계속 늘어놓았다.

"아마 저한테 재능이 있어서인지도 모르죠. 그때 아이들 다 키우고 나면 나도 정식으로 피아노를 배워봐야지 하고 생각했었는데……."

그러자 남편이 보던 신문을 접으면서 이렇게 말하는 것이었다.

"그럼 지금부터 배우면 되지. 내가 중고라도 하나 사줄까?"

다 늙어서 무슨 피아노냐고 타박을 할 줄 알았는데, 대뜸 사준다고 나서니 마음만으로도 너무 고마웠다.

남편은 다음 날 잊지 않고 나를 데리고 피아노 판매점으로 향했다. 몇 마디 흥정이 오가고, 58만 원이란 적지 않은 돈으로 낡은 중고 피아노 한 대를 살 수 있었다. 10년이 넘은 낡은 피아노였지만 건반도 멀쩡하고 소리도 좋다며 가게 주인이 적극 추천하는 피아노였다.

이렇게 해서 우리 집 거실에 피아노 한 대가 들어오게 되었다.

햇볕 잘 드는 창가에 피아노를 모셔놓고 아이들이 오래 전에 썼던 옛 악보들을 꺼내 손가락 번호를 맞춰가며 혼자 두들겼다. 오른손으로 「나의 살던 고향은」을 겨우 치는 나에게, 남편은 「엘리제를 위하여」는 도대체 언제쯤 들을 수 있는 거냐며 놀려댔다.

그 후 혼자서 피아노를 익히는 데 한계를 느껴 동네에서 학원을 알아보기 시작했다. 아파트 단지라서 피아노 학원이란 죄다 유치원생과 초등학생을 대상으로 하는 곳뿐이었다. 무작정 들어가서 나처럼 늙은 할머니도 피아노를 배울 수 있느냐고 물었더니, 원장이 의외로 시원하게 가르쳐주겠다고 했다.

"그럼요. 아직 젊으신데요."

원장의 말에 따르면, 서양에서는 오래 전부터 노인들에게 치매 예방으로 피아노를 권유해 왔고, 한국에서도 요즘 하나 둘 피아노를 배우는 노인들이 늘어가고 있다고 한다. 원장은 손가락 끝을 계속 움직여 말초신경을 자극하면 뇌운동이 되어 기억력도 좋아지고 치매도 예방된다고 말했다.

나는 그렇게 정식으로 피아노를 배우기 시작했다. 이제 불과 7개월 정도를 배웠지만, 웬만한 반주곡은 악보를 보며 칠 수 있는 수준이 되었다. 가끔 손녀가 내려올 때면 옆에 앉혀놓고 쿵쾅쿵쾅 동요를 치며 노래를 불러주기도 한다. 그럴 때마다 손녀딸은 엉덩이를 실룩거리며 좋아라 춤을 춘다.

요즘 동네에서 나는 '피아노 할머니'라 불린다. 동네 아이들과 함께 피아노를 배우니, 꼬마 친구들부터 엄마 친구들까지 대인관계의 폭도 훨씬 넓어졌다.

앞으로 실력이 더 좋아지면 양로원이나 고아원을 돌며 피아노 반주를 해주는 자원봉사를 해볼까 생각 중이다. 남편도 동참하겠다며, 내가 「엘리제를 위하여」를 완성하는 날만 손꼽아 기다린다.

아름다움의 극치는 한 여인에게만 있는 것이 아니다.
모든 여인에게 있다. 그녀들은 그것을 모르지만 모두가
이 아름다움에 도달한다. 마치 과일이 익어 가듯이…….

이 책에 담긴 글들은 글쓴이들의 허락을 받아 구성된 것입니다.
연락이 불가능한 작품들은 임의로 가명을 사용했습니다.

우리 시대 여자들이 말하는 리얼 공감 스토리

여자로 산다는 것

초판 1쇄 발행 2006년 5월 25일   초판 2쇄 발행 2006년 6월 15일

지은이 김지영 외   **펴낸이** 김태영

기획편집 1분사_ **편집장** 박선영 **책임편집** 가정실
1팀_양은하 도은주 성화현   2팀_오유미 가정실   3팀_최혜진 정지연 한수미   4팀_이효선
디자인_김정숙 하은혜 차기윤

상무 신화섭   **컨텐츠 기획** 노진선미 이유정 이화진   **제작** 이재승 송현주
마케팅 신민식 정덕식 권대관 송재광 임태순 박신용 김형준   **영업관리** 이재회 김은실
인터넷 사업 정은선 김미애 왕인정   **홍보** 김현종 허형식   **광고** 김정민 이세윤 임효구 임동현
경영지원 하인숙 김범수 봉소아 김성자 고은미 최준용   **인사교육** 송진혁

펴낸곳 (주)위즈덤하우스   **출판등록** 2000년 5월 23일 제13-1071호
주소 서울시 마포구 도화 1동 22번지 창강빌딩 15층   **전화** 704-3861   **팩스** 704-3891
전자우편 yedam1@wisdomhouse.co.kr   **홈페이지** www.yedamco.co.kr
출력 으뜸   **종이** 화인페이퍼   **인쇄·제본** 영신사

값 8,800원   ⓒ(주)위즈덤하우스, 2006   ISBN 89-89313-86-4 03810